낭송

전라남도의 옛이야기

이 책은 한국학중앙연구원(www.aks.ac.kr)이 설화, 민요, 무가 등의 구비문학 자료를 수집정리하여 출간한 '한국구비문학대계' 85권(1980~1992년 발행) 가운데『한국구비문학대계 6-1 전라남도 진도군편』,『한국구비문학대계 6-3 전라남도 고흥군편』,『한국구비문학대계 6-4 전라남도 승주군편』,『한국구비문학대계 6-5 전라남도 해남군편』,『한국구비문학대계 6-6 전라남도 신안군편』,『한국구비문학대계 6-8 전라남도 장성군편』,『한국구비문학대계 6-9 전라남도 화순군편』,『한국구비문학대계 6-12 전라남도 보성군편』에서 풀어 읽은이가 선별하여 내용을 추리고 낭송에 적합하도록 윤문한 것으로, 한국학중앙연구원의 저작물 이용 허락을 받았습니다.

낭송Q시리즈 민담·설화편 낭송 전라남도의 옛이야기

발행일 초판1쇄 2020년 10월 28일(庚子年 丙戌月 甲辰日) | **풀어 읽은이** 황은정 |
펴낸곳 북드라망 | **펴낸이** 김현경 | **주소** 서울시 종로구 사직로8길 24 1221호(내수동, 경희궁의아침 2단지) |
전화 02-739-9918 | **이메일** bookdramang@gmail.com

ISBN 979-11-90351-31-7 04810 979-11-86851-49-4(세트) | 이 도서의 국립중앙도서관 출판시도서목록(CIP)은 서지정보유통지원시스템 홈페이지(http://seoji.nl.go.kr)와 국가자료공동목록시스템(http://www.nl.go.kr/kolisnet)에서 이용하실 수 있습니다.(CIP제어번호: CIP2020043088)

낭송
Q
시리즈

민담·설화편
07

낭송
전라남도의 옛이야기

황은정
풀어
읽음

▶낭송Q시리즈 민담 · 설화편 『낭송 전라남도의 옛이야기』 사용설명서◀

1. '낭송Q'시리즈의 '낭송Q'는 '낭송의 달인 호모 큐라스'의 약자입니다. '큐라스'(curas)는 '케어'(care)의 어원인 라틴어로 배려, 보살핌, 관리, 집필, 치유 등의 뜻이 있습니다. '호모 큐라스'는 고전평론가 고미숙이 만든 조어로, 자기배려를 하는 사람, 즉 자신의 욕망과 호흡의 불균형을 조절하는 능력을 지닌 사람을 뜻하며, 낭송의 달인이 호모 큐라스인 까닭은 고전을 낭송함으로써 내 몸과 우주가 감응하게 하는 것이야말로 최고의 양생법이자, 자기배려이기 때문입니다(낭송의 인문학적 배경에 대해 더 궁금하신 분들은 고미숙의 『낭송의 달인 호모 큐라스』를 참고해 주십시오).

2. 낭송Q시리즈는 '낭송'을 위한 책입니다. 따라서 이 책은 꼭 소리 내어 읽어 주시고, 나아가 짧은 구절이라도 암송해 보실 때 더욱 빛을 발합니다. 머리와 입이 하나가 되어 책이 없어도 내 몸 안에서 소리가 흘러나오는 것, 그것이 바로 낭송입니다. 이를 위해 낭송Q시리즈의 책들은 모두 수십 개의 짧은 장들로 이루어져 있습니다. 암송에 도전해 볼 수 있는 분량들로 나누어 각 고전의 맛을 머리로, 몸으로 느낄 수 있도록 각 책의 '풀어 읽은이'들이 고심했습니다.

3. 최고의 양생법이자 새로운 독서법으로서의 '낭송'을 처음 세상에 알린 **낭송Q시리즈의 시즌 1**은 **동청룡 · 남주작 · 서백호 · 북현무편**으로 이루어져 있으며, 사계절의 기운을 담고 있는 것을 특징으로 합니다. 동청룡편에는 봄의 창조적 기운, 남주작편에는 여름의 발산력과 화려함, 서백호편에는 가을의 결단력, 북현무편에는 지혜와 상상력을 키울 수 있는 고요함을 품은 고전들이 속해 있습니다. 각 편 서두에는 판소리계 소설을, 마무리에는 네 편으로 나눈 『동의보감』을 하나씩 넣었고, 그 사이에 유교와 불교의 경전, 동아시아 최고의 명문장들을 배열했습니다.

▷ 동청룡 : 『낭송 춘향전』, 『낭송 논어/맹자』, 『낭송 아함경』, 『낭송 열자』, 『낭송 열하일기』, 『낭송 전습록』, 『낭송 동의보감 내경편』

▷ 남주작 : 『낭송 변강쇠가 / 적벽가』, 『낭송 금강경 외』, 『낭송 삼국지』, 『낭송 장자』, 『낭송 주자어류』, 『낭송 홍루몽』, 『낭송 동의보감 외형편』

▷ 서백호: 『낭송 흥보전』, 『낭송 서유기』, 『낭송 선어록』, 『낭송 손자병법/오자병법』, 『낭송 이옥』, 『낭송 한비자』, 『낭송 동의보감 잡병편 (1)』

▷ 북현무: 『낭송 토끼전/심청전』, 『낭송 도덕경/계사전』, 『낭송 대승기신론』, 『낭송 동의수세보원』, 『낭송 사기열전』, 『낭송 18세기 소품문』, 『낭송 동의보감 잡병편 (2)』

4. **낭송Q시리즈 시즌 2**는 고전과 몸 그리고 일상이 조화를 이루는 훈련으로서의 낭송에 초점을 맞추었습니다. **샛별편**에는 전통시대의 초학자들이 제일 먼저 배우며 가장 오래도록 몸과 마음에 새겨 놓은 고전을 담았고, **원문으로 읽는 디딤돌편**은 몸으로 원문의 리듬을 익혀 동양 고전과 자유자재로 접속할 수 있는 힘을 키울 수 있도록 했습니다. 또 **민담·설화편**은 입에서 입으로 전해지는 낭송의 진수를 보여 주는 우리나라 각 지역의 옛날이야기들을 모았으며, **조선왕조실록편**은 조선 태조로부터 철종에 이르기까지 25대 472년간의 역사를 연월일 순서에 따라 편년체로 기록한 조선왕조실록을, **여행기편**은 근대 이전 여행의 기록들을 낭송에 맞게 새롭게 엮었습니다.

▷ 샛별편: 『낭송 천자문/추구』, 『낭송 명심보감』, 『낭송 격몽요결』, 『낭송 사자소학』

▷ 원문으로 읽는 디딤돌편: 『낭송 대학/중용』, 『낭송 주역』, 『낭송 논어』

▷ 민담·설화편: 『낭송 강원도의 옛이야기』, 『낭송 경기도의 옛이야기』, 『낭송 경상북도의 옛이야기』, 『낭송 경상남도의 옛이야기』, 『낭송 인천·경기북부의 옛이야기』, 『낭송 전라남도의 옛이야기』, 『낭송 전라북도의 옛이야기』, 『낭송 제주도의 옛이야기』, 『낭송 충청남도의 옛이야기』, 『낭송 충청북도의 옛이야기』

▷ 조선왕조실록편: 『낭송 태조실록』, 『낭송 태종실록』, 『낭송 세종실록』, 『낭송 성종실록』

▷ 여행기편: 『낭송 18세기 연행록』, 『낭송 19세기 연행록』

5. 낭송Q시리즈 민담·설화편 『낭송 전라남도의 옛이야기』는 『한국구비문학대계』 전라남도 고흥군, 보성군, 신안군, 승주군, 장성군, 진도군, 화순군, 해남군 편을 대본으로 하여 풀어 읽은이가 그 편제를 새롭게 해서 각색하고 엮은 것입니다. 단, 각 이야기의 출처 지역은 행정구역의 변동 등으로 분명치 않은 곳이 있어 『한국구비문학대계』에 표기된 지역을 그대로 따랐습니다.

차례

낭송
전라남도의 옛이야기

3부

4부

全羅南道

5부

6부

7부

8부

머리말

옛이야기, 삶의 지혜를 상상하다

1. 이야기에 대한 이야기

몇 년 전, 몸담고 있던 인문학 공동체에서 플라톤의 『국가』를 읽었다. 그런데 나는 『국가』를 읽으면서 한 가지 이상한 점을 발견했다. 플라톤 자신은 신화나 전설 같은 옛이야기를 적극적으로 자신의 텍스트에 인용하는 이야기꾼이었으면서, 당시의 '구비문학'인 호메로스의 옛이야기를 전달하는 시인들은 맹렬히 비판하고 있었기 때문이다. 그는 왜 '이야기'를 비판하는 '이야기꾼'이 되었던 것일까? 이유는 바로, 예나 지금이나 '옛이야기'가 가지고 있는 어떤 고유한 속성 때문이다.

'구비문학'口碑文學 즉, 신화·전설·민담 등은 오래전부터 입에서 입으로 전해 내려온 '옛날이야기'다. 저자를 알 수 없는 오래된 이야기 속의 사건들은 대부분 우연적이고, 사람들의 상상력과 감성에 호소하기를 즐긴다. 이성을 강조하는 철학자의 입장에서 본다면, 검증하기 어렵고 감성적인 허구의 이야기들은 우리의 지성을 혼란스럽게 만드는 '나쁜 것'이 된다. 이런 이유로 플라톤은 옛이야기를 비판했던 것이다.

그러나 바로 그러한 이야기 '자체'의 속성 때문에 플라톤은 오히려 '이야기'를 적극적으로 활용하기도 했다. 진리와 이성적인 것들을 사람들에게 이해시키고 설득시키려면 이야기가 가지고 있는 자유로운 감성의 영역을 통과해야만 비로소 가능해진다는 것을 잘 알고 있었기 때문이다. 즉, 어렵고 추상적인 개념은 우리 마음속의 상상력과 다양한 울림과 함께해야만 진정 이해될 수 있다. 그래서 플라톤은 '이야기'를 비판했지만 '이야기꾼'이 될 수밖에 없었다.

허구와 환상으로 가득 찬 '오래된 보고서'인 옛이야기에서 철학자 플라톤은 이성적인 진리의 샘물을 길어 올렸다. 그렇다면 지금의 우리는 옛이야기 속에서 무엇을 새롭게 길어 올릴 수 있을까? 플라톤의 생각처럼 이야기가 그 이야기 속에 감추어진 '또 다른 이야기'들을 불러내는 것이라면, 우리는 지금 여기서 어떤 다른 이야기들을 불러낼 수 있을까?

염라대왕이 호통쳐 대는 상상 속 신비한 '사후 세계'는 자기 운명을 스스로 개척하며 살아가야 하는 '지금의 세상'을 길어 올릴 수 있을 것이다. 어느 무정한 어미가 자식을 제물로 판 대가로 챙긴 불행한 '자유'는, 우리 삶에 대한 책임은 우리 스스로가 져야 한다는 묵직한 '사명감'으로 다시 읽힐 수 있다. 이야기와 그 이야기의 '이면'을 이렇게 더듬거리고 가다 보면 우리는 어느새 현명한 '철학자'가 되어 있지 않을까?

나는 옛이야기 작업을 하며, 우리가 살아가며 겪는 다양한 주제들 속으로 우리를 초대하는 옛이야기의 '힘'을 새롭게 발견했다. 아주 오래된 이 '고상한 거짓말들'을 통해 지금 여기에서의 '새로운 질문들'을 상상할 수 있다면 정말 좋겠다. 자, 이제는 전라남도를 상상해 보자.

2. 전라남도를 상상하다

낭송Q시리즈 '전라남도' 작업을 시작하면서 나는 새삼 깨달았다. 우리나라 육지의 남쪽 '끝'을 품고 있는 전라남도에 대한 개인적인 경험과 기억이 거의 없다는 사실을 말이다. 그래도 전라남도 하면 기본적으로 떠오르는 그림이 있다. 교과서에서 배웠던 '온화한 기후', '비옥한 곡창 지대'와 더불어 맛깔난 사투리, 그보다 더 맛깔난 남도의 음식들과 아름다운 전경의 바다, 그리고 수많은 특이한 섬들.

그러나 사실 전라남도는 풍요롭게 그려지던 그만큼, 수탈과 횡포도 함께한 힘겨운 역사의 현장이기도 하다. 또한 지리적으로 중앙과 멀리 떨어져 있고, 험한 육로와 섬들이 많아 유배지나 은둔처로 상징되기도 한다. 그래서 옛이야기를 통해 만나는 전라남도의 '수많은 목소리와 얼굴들'은 어떤 이야기를 품고 있을지 궁금해진다.

1부 '이 땅과 이 바다에 얽힌 이야기'에서는 남도만이 가지는 특이한 지형에 얽힌 사연들을 모았다. 역시 바다에 관한 전설이 특히나 많았는데, 이는 그들에게 바다가 삶의 터전이자 두려움의 대상이었음을 잘 보여 준다. 그중에서도 바위에 얽힌 다양한 사연들은 하나같이 듣는 이로 하여금 가슴 먹먹함과 어떤 울림을 전한다. 나는 작업을 하면서 '원숭이 바위'와 '일곱 형제 바위', 그리고 영암군에 있다는 '덕진 다리'를 꼭 한번 찾아가 보고 싶어졌다.

2부는 '배우고 익히니 즐겁지 아니한가'이다. 우리는 배움이라는 것을 '높은 곳에서 낮은 곳'으로 흘러가는 것이라 생각하기 쉽다. 그런데 '배움 열전'에서의 배움에는 왕도가 없다. 약자에게서 강자로, 자식에게서 부모로, 아이에게서 어른으로 자유롭게 흘러가는 진정한 배움의 향연을 보여 준다. 지금 우리 '일상'의 자리가 바로 배움이 일어나는 자리임을 유쾌하고 지혜롭게 알려 준다.

3부는 '남도가 사랑한 사람들'이다. 옛이야기 속에는 어김없이 유명하고 위대한 영웅들이 등장한다. 그러나 남도인들이 사랑한 인물들은 나라를 세운다거나 초인적인 힘을 가진 영웅과는 거리가 멀다. 어쩌면 그들은 평범한 우리 이웃과 다르지 않다. 하지만 그들에게는 삶의 구석구석을 예리하고 따스하게 바라보는 어떤 특별한 시선 같은 것이 있다. 백성의 앞날을 세심하게

예견하고 보살피는 관리, 동생의 사소한 행동에서 미래의 큰 실수를 읽어 내는 현명한 누나, 약을 쓰지 않고 물 한 동이로 병을 고치는 명의. 이런 인물들을 통해 남도인들이 꿈꾸었던 새로운 세상도 함께 읽어 낼 수 있지 않을까?

4부 '위기를 기회로, 큰일 날 뻔 했네'는 위기를 기회로 삼은 현명한 사람들의 용감한 분투기다. 바지를 입지 않고 사돈집에 찾아간 영감님은 어떻게 되었을까? 살인을 할 운명을 타고난 아들에게 아버지는 과연 어떤 유언을 남겼을까? 덩치가 같은 어미 코끼리와 새끼 코끼리는 어떻게 구분할 수 있을까? 그들의 기지 넘치는 위기 해결 능력이 궁금하다면 어서 4부로 가 볼 일이다.

이야기는 무엇보다도 상상력! 5부 '신비한 이야기'는 바로 이러한 상상력으로 자기 삶의 주변을 새롭게 바라보는 사람들의 지혜로운 이야기를 모았다. 어느 날 아버지가 쥐로 변해 버렸다. 또 누구는 구렁이를 대신해 장가를 가야만 한다. 그리고 땅속 황금덩이들이 반란을 일으켰다. 도대체 무슨 일이 일어난 것일까. 심리학자 폰 프란츠는 옛이야기를 통해 자신의 숨은 욕구와 소망 같은 심리적인 문제들을 이해할 수 있다고 했다. 신비한 이야기를 통해 내 안에 숨어 있는 또 다른 나를 찾아보자.

6부 '인연은 다 따로 있는 거야'는 천태만상의 결혼 이야기다. 예나 지금이나 결혼은 뜨거운 이슈임에 틀림없다. 돈이 많건 적건, 나이가 많건 적건, 남자든 여자든 간에 제짝을 만나고 해로의 약속을 지켜 내는 일은 쉽지 않다. 조금은 비겁한 방법으로 아내를 얻기도 하고, 느닷없이 결혼에 성공하기도 한다. 혹은 말도 안 되는 이유 때문에 결혼이 위험해지기도 하고, 가슴 아프게 자기 짝과 헤어지기도 한다. 과연 '우리 결혼할 수 있을까?'.

7부 '깔깔깔 한마당'에는 말 그대로 재미난 이야기들을 모았다. 옛말에 '옛날이야기를 좋아하면 가난해진다'는 말이 있다. 왜일까? 여러 이유가 있겠지만, 나는 사람들이 너무 재미있는 이야기에 푹 빠져서 '소를 돌보지 않아서'가 아닐까 싶다. 살아가며 맞닥뜨리는 문제는 꼭 해결해야 맛이 아닐 수도 있다. 슬쩍 옆으로 비켜서면 스스로 제자리를 찾아 '해답'과 만나게 될 수도 있다. 바로 이렇게 슬쩍 비켜설 수 있는 힘을 주는 것이 웃음과 해학이 아닐까? 비록 웃느라 잠시 가난해지더라도 말이다.

마지막 8부 '살믄서 뭣이 중헌디'를 작업하면서 무엇보다 신기했던 것은 이야기들이 서로 다른 구조를 가진 채 다양하게 구전되고 있다는 점이었다. 처음에는 본래의 이야기가 무엇일까에 골몰했지만 시간이 지나면서 곧 자연스레 깨달았다. 본래의 이야기란 없음을. 전라남도든 강원도든, 우리나라든 외국이든, 옛날이든 지금이든 그 어떤 배경 안에 있든 이야기 안에 흐르고 있는 가치는 서로가 서로를 닮아 있음을 말이다. 그래서 전라남도를 상상하는 것은 우리가 살고 있는 이 세상을 상상하는 것과 다르지 않다.

3. 초보 낭송인을 위하여

구비문학은 입에서 입으로 전해지는 이야기다. 그래서 낭송Q시리즈는 '이 책을 꼭 소리 내어 읽어 주시고' '아주 짧은 구절이라도 반드시 암송을 해볼 때라야 이 책이 빛을 발할 수 있음'을 강조하고 있다. 그러나 낭송을 공부법으로 하는 세미나에 5년째 몸담고 있는 나로서도 여전히 낭송은 쉽지 않다. 혼자 고독하게 사색하고 싶은 유혹이 끊이지 않기 때문이다.

낭송Q시리즈의 영문자 'Q'는 케어(care)의 어원이 되는 라틴어 '큐라스'(curas)에서 나온 약자다. 'Q'라는 글자 안에는 보살피고, 관리하고, 치유한다는 의미가 포함되어 있다(자세한 내용은 낭송Q시리즈 '사용설명서' 참조). '로마의 히포크라테스'로 불린 셀수스는 신체의 건강을 관리하기 위해서 해야 할 훈련으로 '큰 소리로 책읽기'를 권장하고 있다(미셸 푸코, 『성의 역사 3: 자기에의 배려』, 이영목 옮김, 나남, 2011, 125쪽). 낭송은 자기를 보살피고 관리하고 치유하는 좋은 삶의 기술인 셈이다.

굳이 멀리 서양까지 찾아가지 않아도 낭송이 자기를 돌보는

'양생술'인 증거는 우리에게도 부족함이 없다. "첫째, 굶주린 때에 책을 읽으면 소리가 배나 낭랑하여 그 이치와 취지를 잘 맛보게 되어서 배고픔도 느끼지 못하게 된다. 둘째, 차츰 날씨가 추워질 때에 읽게 되면 기운이 소리를 따라 유전하여 체내가 편하여 추위도 잊을 수가 있게 된다. 셋째, 근심 걱정으로 마음이 괴로울 때에 눈은 글자에, 마음은 이치에 집중시켜 읽으면 천만 가지 생각이 일시에 사라져 버린다. 넷째, 기침병을 앓을 때에 책을 읽으면 기운이 통하여 부딪힘이 없게 되어 기침 소리가 갑자기 그쳐 버린다"(이덕무, 『청장관전서』, 민족문화추진회 편; 고미숙, 『낭송의 달인 호모 큐라스』, 북드라망, 2015, 68~69쪽 재인용).

동서양을 막론하고, 낭송은 아주 오래된 신체 단련법이자 공부법이다. 그러나 여기서 하나 더, 낭송은 혼자서 소리 내는 암송에서 한 걸음 더 나아가야 한다. 서당에 모여 앉은 우리의 개구쟁이들에게 '떼창' 없는 공부는 생각할 수 없었듯이, 낭송은 '함께'하는 양생술이다. 자기 혼자만의 체험으로서가 아닌 타자와 공명하며 다 함께 '진리' 속으로 '돌격'해야 하는 낭송은 그래서 더더욱 쉽지 않은 공부법임에 틀림없다.

그러나 낭송은 그대로 놓치기엔 너무나 아까운 좋은 삶을 위한 '기술'이다. 그래서 작업하는 내내, 이 쉽지 않은 '양생'의 길에 초보자도 쉽게 합류할 수 있길 바라는 마음으로 글을 다듬었다. 같은 뜻이라도 소리 내어 읽어 보면 리듬에 따라 의미가 미묘하게 달라졌기에, 수없이 다시 읽고 또 읽으며 작업을 했다. 때로는 그렇게 만들어진 리듬이 내놓은 길을 따라 그냥 걸어가기만 해도 이야기가 술술 저절로 걸어 나오기도 했다.

이런 작업을 거친 낭송Q시리즈를 통해 많은 초보 낭송인들의 낭송 입문을 기대해 본다. 소리 내어 함께 읽으며, 우리가 우리 삶을 스스로 보살피며 살아가는 작은 수행의 한 방편으로 말이다.

1부

이 땅과 이 바다에 얽힌 이야기

1-1. 바위 이야기 ①—원숭이 바위

흑산도에 가면 수많은 바위가 있는데 그중에서도 아주 신기하고 재미있는 세 바위가 있어. 원숭이 바위와 주전자 바위, 그리고 시루떡 바위가 바로 그것이야. 세 바위들이 생기게 된 사연은 이랬어.

아주 오래전 어느 날, 용왕신이 모든 동물을 모아 놓고 큰 잔치를 벌였어. 모인 동물들은 모두 잔치를 즐기면서 눈치껏 적당히 음식을 먹는데, 원숭이란 놈은 요리조리 다니며 게걸스럽게 혼자서만 음식을 마구 먹어 대는 거야. 용왕신은 탐욕스럽게 먹어 대는 원숭이가 매우 괘씸했어.

"저놈 봐라. 욕심이 한도 끝도 없구나. 내가 저놈을 혼 좀 내주어야겠다."

이렇게 결심한 용왕신은 술 주전자를 바위로 만들어 바다에 띄워 놓았어. 그리고 시루떡마저 바위로 만들어 바다에 띄워 놓아 버렸지. 원숭이는 술과 시루떡이 너무나 먹고 싶어서 팔짝팔짝 뛸 지경이었어. 하지만 바다 한가운데 있는 섬으로 갈 재주가 없었지. 애가 탄 원숭이는 바닷가에 털썩 주저앉아서 주전자 바위와 시루떡 바위를 하염없이 바라볼 수밖에 없었어.

시루떡과 술이 너무 탐이 나 그 자리를 떠나지 못한 원숭이는 어느새 까마득한 세월이 지나면서 바위가 되어 버렸어. 지금도 흑산도에는 바다에 떠 있는 시루떡 바위와 주전자 바위를 떠나지 못하고 침만 꼴깍꼴깍 삼키고 있는 원숭이 바위가 있대. _ 신안군 흑산면

1-2. 바위 이야기 ②—일곱 형제 바위

옛날 마음씨 고운 한 부부가 일곱 남매를 낳아 행복하게 살고 있었어. 어느 해 명절을 맞이하여 부부는 아이들에게 입힐 고운 새 옷을 사기 위해 뭍으로 배를 타고 나갔지.

"고운 옷을 사서 곧 돌아오마."

어머니와 아버지는 이렇게 약속한 후 오색 깃발을 단 배를 타고 떠났어. 일곱 남매는 산봉우리에서 부모님이 탄 배가 돌아오기를 하염없이 기다렸지. 이윽고 저 멀리서 오색 깃발의 돛단배가 보이기 시작하자 아이들은 너 나 할 것 없이 기뻐하며 소리 질렀어.

"어무이, 아부지!"

그러나 기쁨도 잠시, 갑자기 어디선가 불어닥친 돌풍이 배를 흔들어 대기 시작했어. 배는 순식간에 낙엽처럼 뒤집혀 깊은 바닷속으로 가라앉고 말았지. 깜짝 놀란 일곱 아이들은 부모님을 애타게 부르며 모두 바닷속으로 뛰어들어 갔어. 바닷속으로 들어간 아이들은 모두 그 자리에서 일곱 개의 바위가 되어 버렸어. 이 슬픈 이야기는 지금도 홍도 10경의 제6경인 일곱 형제 바위 전설로 남아 사람들의 발길을 멈추게 한다고 해. _ 신안군 흑산면

1-3. 바위 이야기 ③—미륵 당골 전설

옛날 청산의 어부들이 청어를 잡으러 홍도로 왔어. 그런데 어느 날부터 그물을 던지면 청어는 잡히지 않고, 길고 커다란 먹돌물가에 있는 단단하고 미끄러운 검은 돌 두 개가 자꾸만 그물에 걸려 올라오는 거야. 버리면 또 걸려 올라오고, 버리면 또 걸려 올라왔어.

"어이구, 참으로 이상타. 들라는 청어는 안 들고 왜 요런 것이 자꾸만 올라온대?" 자꾸만 걸려 올라오는 먹돌을 이상하게 여긴 사람들은 그 돌들을 배에 싣고 마을로 가져갔어. 그리고 그 돌 한 쌍을 서쪽을 바라보게 세워 놓은 후, 물고기를 바치며 정성스럽게 제사를 지냈지. 그러자 신기하게도 그 이후부터 그물을 던지는 족족 고기가 한가득 잡히기 시작했어. 사람들은 그곳을 미륵 당골이라 불렀어. 지금도 풍어기가 되면 물고기를 바치며 미륵제를 지내고 있지. _ 신안군 흑산면

1-4. 바위 이야기 ④—벼락바위 전설

어느 바닷가 마을에서 큰 제방을 쌓게 되었어. 예로부터 제방을 쌓을 때는 흉한 일을 막기 위해 처녀를 제물로 바치곤 했어. 마을 사람들은 처녀를 사려고 이 마을 저 마을을 돌아다녔지. 하지만 아무리 돈을 많이 준다고 해도 선뜻 나서는 이가 없었어.

그러던 어느 날, 마을 사람들 앞으로 한 부인이 찾아왔어. 옷차림은 말할 것도 없이 남루하고, 얼굴에도 땟국물이 줄줄 흐르는 것으로 보아 누가 봐도 영락없는 거지였어. 부인의 뒤에는 대여섯 살 먹은 여자아이가 엄마의 치맛자락을 잡고 있었어. 부인은 마을 사람들에게 대뜸 물었어.

"여그가 처녀 산다는 곳이요?"

"그렇소만."

"돈은 얼마나 준다요?"

"앞으로 몇 년은 끄떡없이 먹고살 만큼 준다오."

이 말을 듣자마자 부인은 아이의 손을 홱 낚아채 앞으로 떠밀며 말했어.

"자, 여깄소. 내 딸을 사 가소."

마을 사람들은 깜짝 놀랐어. 아이는 울며불며 엄마의 치맛자락에 매달렸지. 떨어지지 않으려고 발버둥을 치는 아이를 보자 사람들은 애처로워 눈물이 날 지경이었어. 그러나 매정한 여자는 돈만 챙기고는 뒤도 한번 돌아보지 않고 서둘러 그 자리를 떠나 버렸어.

마을을 벗어난 부인은 받은 돈을 빨리 세어 보고 싶었지. 그래서 길가 바위 옆에 앉아 정신없이 돈을 세었어.

"백 냥, 이백 냥."

바로 그때였어. 이제껏 맑았던 하늘에서 느닷없이 번쩍하고 벼락이 내리치더니 천둥소리가 났어. 그리고 그것은 바위 옆에 앉아 있던 부인의 머리 위로 곧바로 떨어졌지. 부인은 순식간에 흔적도 없이 사라져 버렸어. 그렇지만 그 자리에 있던 바위만은 멀쩡하게 남아 지금도 사람들에게 '배락바우'벼락바위라고 불리며, 돈에 눈이 어두워 자식을 팔았던 무정한 어미의 전설을 말해 주고 있대. _ 신안군 안좌면

1-5. 바위 이야기 ⑤ — 벽옥산 공바위

보성군 노동면에는 벽옥산과 금성산이라 불리는 두 개의 산이 섬진강 상류를 가운데 두고 서로 마주 보고 있어. 그 벽옥산 중턱에 공바위라고 불리는 바위가 있는데, 여기에는 옛날부터 전해지는 이야기가 있어.

아주 옛날에 이 두 산에는 힘센 장사가 살았어. 두 장사는 서로 자기가 제일 힘이 세다고 우겼지. 그러다 결국 자기 산의 바위를 반대편 산으로 던져서 누가 멀리 던지는지 힘자랑을 하기로 했어. 먼저 벽옥산 장사가 금성산을 향해 바위를 던졌어. 바위들은 금성산 꼭대기에 떨어졌지. 이번엔 금성산 장사가 던질 차례가 됐지. 그런데 금성산 장사가 던진 바위들은 벽옥산 꼭대기까지 가지 못하고 산 중턱에 떨어져 버렸어. 수없이 많은 바위를 던졌지만 모두 벽옥산 중턱에 떨어졌지. 금성산 장사는 힘겨

루기에서 지자 눈물을 흘리며 멀리 떠나 버렸어.

지금도 벽옥산 중턱에는 바위들이 많이 널려 있는데, 사람들이 옛날 장사들이 힘자랑하면서 공처럼 던지던 바위라고 해서 공바위라고 부르게 된 거야. _ 보성군 노동면

1-6. 저승빚으로 만든 덕진 다리

옛날에 덕진이라는 한 여자아이가 살았어. 덕진이는 부모 형제도 없이 남의 집 허드렛일을 하며 밥을 얻어먹고 살았지. 사람들이 품삯을 챙겨 주어도 "그저 밥만 얻어먹으면 족허요"라며 사양했어.

한편, 그 마을에는 큰 부자가 한 사람 있었어. 부자는 창고마다 곡식과 재물을 그득하게 쌓아 놓고 살았지만, 쌀 한 톨도 남과 나누기를 싫어하는 아주 인색한 자린고비였어. 어느 날 그가 죽어 저승엘 가게 되었어. 그런데 알고 보니 죽을 때가 아닌데 잘못 불려 온 거였어. 부자는 억울하다며 이승으로 다시 돌려보내 달라고 따졌지. 그런데 염라대왕은 오히려 호통을 치며 이렇게 말했어.

"네가 잘못 불려는 왔으나 내 너를 고이 보내 줄 수 없다. 이제껏 남을 위해 착한 일 한 번 한 적이 없으니, 여기에 벌금을 내야지만 너를 보내 주겠다."

당황한 부자는 우는 목소리로 물었어.

"아니, 저승서 어뜩케 돈을 마련한당가요."

"마침 너랑 같은 마을에 사는 덕진이 돈이 여기 저승 창고에 가득 쌓여 있으니 빌리면 될 것이다."

"예? 그게 무신 말씀이신지?"

"이승에 있는 너의 집 창고 안에는 온갖 보화가 넘쳐 나겠지만, 여기 저승 창고는 텅텅 비어 있다. 그러나 가난한 덕진이가 이승에서 남을 도우며 착한 일을 한 대가는 이 저승 창고에 한 푼도 빠짐없이 차곡히 쌓여 있단 말이다."

"아, 그라요. 내가 살아서 돌아갈 수만 있다믄 덕진이 돈을 꼭 갚구 말구요."

자린고비 부자는 이렇게 저승에서 겨우 살아 돌아왔어. 그러고는 한달음에 덕진이를 찾아갔지.

"덕진아, 내가 니 덕에 이렇게 살아 돌아왔다. 정말로 고맙다잉."

부자는 저승에서 빌린 돈의 갑절을 덕진이에게 내어놓으며 자초지종을 이야기했어.

"살아오셨응께 다행이요. 근디 난 돈은 상관없소. 허지만 이

왕에 굳이 거시기 할라 치면, 우리 동네 사람들이 댕기기 좋게 마을 어귀에 다리나 하나 맹글어 주소."

덕진이의 욕심 없는 마음씨로 인해 마을에는 이렇게 다리가 하나 생기게 되었지. 사람들은 그 다리를 덕진이 다리라고 불렀어. 영암에 있는 덕진 다리가 바로 그 다리야. _ 신안군 임자면

1-7. 해를 붙들어 둔 나무

옛날에 한 도력 높은 대사가 마을 사람들과 암자를 짓고 있었어. 그런데 상량上樑: 전통적인 목조 건축물의 최상부인 마룻대를 올려놓는 일을 올려야 하는데 해가 벌써 서산으로 넘어가고 있었대. 일은 다 마치지 못했는데 해가 점점 기우니 사람들은 우왕좌왕했어.

"아이고, 마룻대를 올려야 하는디 해가 시방 질라 허니 어쩐다요?"

"대사님, 일을 계속 헐 수도 읎고, 안 헐 수도 읎소."

사람들이 걱정을 하자 대사는 기울어 가는 해를 보며 잠시 생각에 잠겼어.

한참 후, 대사는 조용히 몸을 일으키더니 멀리 고목 위에 걸려있는 해를 향해 정성스레 절을 올렸어. 그러자 신기하게도 고목 나뭇가지에 해가 걸려 더 이상 넘어가지 않는 거야. 사람들은 무사히 상량을 마저 올릴 수 있었지.

그 후, 해를 잡아 두고 지은 암자라고 해서 이 암자는 만일암晩日庵이라고 불렸어. 암자는 지금은 헐려 사라지고 터만 남았지. 하지만 해를 붙들어 매어 놓았다는 그 천년 묵은 고목은 아직 살아남아 만일암에 얽힌 이야기를 말해 주고 있어. _ 해남군 삼산면

1-8. 도깨비의 선물

옛날에 한 가난한 총각이 살고 있었어. 온갖 궂은일도 마다하지 않고 열심히 일했지만 살림살이는 전혀 나아지지 않았어. 그러던 어느 날이었어. 늦게 일을 마치고 혼자 산길을 걷던 총각이 갑자기 처량한 목소리로 신세 한탄을 시작했어.

"허리가 휘도록 일혀도 이내 신세는 와 이 모양이당가? 누가 대답 좀 해주소."

총각의 이런 신세 한탄을 몰래 엿들은 이가 있었어. 바로 산중에 사는 도깨비였지. 도깨비는 총각을 도와주고 싶었어.

며칠 후, 늦은 밤 총각이 집으로 돌아오는 길이었어. 고개를 막 넘으려는데 눈앞에 허름한 차림의 노파가 나타났어. 노파는 총각에게 다가오더니 한 가지 부탁을 했어.

"이보슈, 총각. 내가 힘이 없어 그란디 저그 저 고개 세 개를 넘어가서 귀한 맷돌을 하나 좀 사 줄랑가?"

노파는 총각에게 오백 냥을 건넸지.

"네, 그라지요."

총각은 오백 냥이나 되는 큰돈을 받아들고 딴 맘 한번 먹지 않고 고갯길 세 개를 넘어갔어. 그러고는 맷돌을 사서 노파에게로 돌아왔지. 한눈 한번 팔지 않고 말이야.

그런데 총각이 맷돌을 내미는 순간, 갑자기 노파가 도깨비로 변했어. 총각은 깜짝 놀라 뒤로 넘어지며 엉덩방아를 찧었지.

"큰돈과 보물 앞에서도 네가 정직하게 약조를 잘 지켰으니 그 맷돌을 너한테 선물로 주마. 이것은 천하의 보배다. 자루를 잡고 돌리면서 소원을 말하면 무엇이든 나올 것이다. 허나 반드시 하나 지켜야 할 것이 있다."

"그, 그게 뭣이라요?"

"반드시 먹을 만큼, 쓸 만큼만 돌리고 '멈춰라'고 외쳐야 한다."

총각은 도깨비에게 맷돌을 받아 집으로 돌아왔어. 그날부터 총각은 걱정 없이 살 수 있게 되었지. 쌀과 맛난 음식들이 말만 하면 쏟아져 나왔기 때문이야.

한편, 신기한 맷돌 이야기는 이웃 마을 욕심 많은 소금장수의 귀에도 들어갔어. 소금장수는 총각을 찾아가 우는 소리로 사정했어.

"옛날 당신처럼 지도 먹고살 길이 막막합니다. 지발이지 한 번만 그 맷돌을 좀 빌려주쇼."

마음씨 착한 총각은 소금장수가 불쌍해 보였어. 그래서 선뜻 맷돌을 빌려주었지. 물론 지켜야 할 당부도 잊지 않고 알려 주었어. 소금장수는 맷돌을 받자마자 부리나케 배 안으로 들어가 큰 소리로 외쳤어.

"새하얀 소금아 쏟아져라, 마구 쏟아지거라."

그러자 정말 맷돌 사이로 요술처럼 새하얀 소금이 마구 쏟아지기 시작했어. 신이 난 소금장수는 눈 오듯 흘러내리는 소금을 이 자루 저 자루에 쓸어 담기 바빴어. 어느새 배 안이 소금 자루로 한가득 찼지만, 욕심 많은 소금장수는 맷돌을 멈추게 할 생각이 전혀 없었어. 오히려 '조금만 더, 조금만 더' 하며 자꾸만 맷돌을 돌렸지.

그러는 동안 배는 점점 무거워져 서서히 바닷속으로 가라앉기 시작했어. 어느새 뱃머리가 거의 보이지 않을 만큼 가라앉아 가는데도 소금장수는 자루에 소금을 쓸어 담는 것에만 정신이 팔려 있었어. 결국 얼마 지나지 않아 배와 소금장수와 맷돌은 모두 흔적도 없이 바닷속으로 가라앉고 말았지. 바닷물이 왜 짠지 알아? 지금도 깊은 바닷속에서 그 신기한 맷돌이 아직 돌고 있기 때문이래. _ 화순군 화순읍

1-9. 양을 부른 스님

장성군에는 '백양사'라는 아주 오래된 절이 있어. 이 절은 삼국시대에 지어졌는데 이름이 여러 번 바뀌었어. 거기에는 아주 신기한 사연이 있었지.

절이 백양사로 바뀌기 바로 전에 있었던 일이야. 어떤 스님 한 분이 암자에 앉아서 매일 법화경을 외우고 있었어. 그런데 어느날부터인가 흰 양 일곱 마리가 암자로 몰려왔어. 양들은 모두 무릎을 꿇고서 스님의 경 읽는 소리를 조용히 듣고 있었어. 사람들은 너무나 신기해했지. 이런 일이 계속 되던 어느 날, 스님의 꿈속에 양들이 나타나 말했어.

"스님, 우리는 스님의 경 읽는 소리를 듣고서 축생의 몸을 벗어나 이제 드디어 사람으로 태어나게 되었습니다."

그러고는 스님에게 절을 하고 사라졌어. 꿈에서 깬 스님은 이상한 생각이 들어 자신이 경을 읽던 곳으로 달려갔어. 놀랍게도 그 자리에는 흰 양 일곱 마리가 모두 죽어 있었어. 양들은 꿈에서 말한 대로 축생의 몸을 벗어나게 된 거지. 사람들은 그 스님을 '양을 부른 스님'이라는 뜻으로 환양(부를 환喚, 양의 양羊) 스님이라 불렀어. 이후로 절 이름도 백양사白羊寺로 불리게 되었대.

_ 장성군 북하면

2부

배우고 익히니 즐겁지 아니한가

2-1. 우린 그런 거 모른다

옛날에 장부자라는 사람이 살고 있었어. 집도 으리으리하고 가지고 있는 논과 밭도 엄청 많았어. 그런데 문제는 부부가 함께 마음씨가 아주 고약하다는 거였어. 오죽하면 아들 장가를 보내야 하는데 딸을 주겠다고 나서는 이웃이 하나도 없었을까.

그러던 어느 날, 장부자는 가난한 양반집에 혼기가 꽉 찬 여식이 있다는 말을 듣게 되었어. 장부자는 부리나케 달려가 대뜸 이렇게 말했어.

"내 이 집에 논 두어 자락 떼어 줄 테니, 대신 당신 여식을 우리 집에 주것소?"

딸의 부모는 어이없어 하며 말했어.

"아무리 가난해도 명색이 양반인디, 어째 딸하고 돈하고 바꾼다요?"

"그리 화만 낼 것이 아니라, 여하튼 한번 잘 생각해 보소."

장부자는 속으로는 '이 집도 글렀다'고 생각하며 집으로 돌아갔지.

한편, 장부자가 가고 난 뒤 그 집 딸이 부모에게 와서 말했어.

"나 그리로 혼사 보내 주세요."

"그게 무슨 말이냐? 그렇게 심술 고약하다는 집안에 너를 보내달라고? 그런 집에 시집가면 사흘을 못 살고 빼빼 말라 죽을 것이다. 우리는 논이고 밭이고 다 필요 없으니 그런 생각일랑 아예 말아라."

부모는 펄쩍 뛰었지만 딸의 고집도 쉬이 꺾이지 않았어. 부모는 하는 수 없이 장부자네와의 혼인을 허락하고 말았어.

일은 일사천리로 진행되어 드디어 딸은 혼인을 했어. 그런데 말이야, 장부자 부부의 심술이 어디 가겠어? 막상 새 신부를 맞이하자 장부자 부부는 엄한 시부모 노릇을 해보고 싶었어. 그래서 아직 첫닭이 울지도 않은 컴컴한 새벽에 신방으로 하인을 보내며 말했어.

"신부가 어떻게 하고 있는지 가서 몰래 보거라."

하인이 가 보니, 신부는 벌써 세수와 단장을 마치고 앉아 있었어. 그러고는 하인에게 이렇게 말했지.

"가서 아버님께 전해라. 내가 지금 문안 인사를 가려고 하는데, 아버님께서는 사당에 다녀오셨는지 여쭈어 본다고 말이다."

하인이 냉큼 달려가서 장부자에게 그대로 전했어. 장부자는 자기가 생각해도 조상에게 절도 안 하고 며느리에게 먼저 절 받기는 좀 이상했어. 그래서 사당에 가서 절을 하고 돌아오니 며느리도 그제야 오는 거야.

"아버님, 어머님 문안 인사드립니다."

이렇게 사흘을 하고 나니 장부자는 새벽에 사당에 다니기가 점점 힘들고 귀찮아졌어.

그래서 며느리를 불러서 말했지.

"야야, 나 이제 새벽에 사당에 안 갈란다. 그라니 너도 낼 아침부터는 고마 새벽 인사 오지 마라."

며칠이 지나 장부자 아버지의 제삿날이 돌아왔어. 장부자의 마누라는 음식을 준비하는 며느리 뒤를 따라다니며 이런저런 잔소리를 끊임없이 해댔어. 그러자 며느리가 갑자기 시어머니에게 물었어.

"어머니, 제장은 어디에 있나요?"

"제장이 뭣이냐?"

"제사 지낼 때 쓰는 장이요."

"저 장독 안에 안 있냐?"

"아뇨, 그런 장이 아니라 제장이란 것은 제사 지낼 때만 쓰는

3년 묵은 깨끗하고 정성스런 장을 말합니다."

"그런 것이 다 있냐?

"네, 혹시 몰라서 제가 미리 가지고 왔습니다."

며느리는 보따리에서 제장을 꺼냈어. 그러곤 다시 물었지.

"그럼 제미는 어디 있습니까?"

"제미는 또 뭣이냐?"

"제사에 쓰는 멥쌀요."

"쌀이라면 저 항아리에 겁나게 많이 있지."

"아뇨, 1년 농사를 지어서 정성스레 첫 수확한 쌀을 말합니다. 첫날 훑은 것은 조부님 제미이고, 그 담에 훑은 것은 증조부님 제미죠."

"그러냐? 우리는 몰라서 안 했다."

"예, 그럼 이번에도 제가 가지고 온 것으로 쓰겠습니다."

며느리는 보자기에서 쌀을 꺼내 놓았어. 물론 그런 제장과 제미가 있을 리가 없지. 그 쌀과 장은 좀 전에 장부자네 쌀독과 장독에서 며느리가 미리 꺼내 놓은 거였어.

며느리는 또 물었어.

"어머니, 제사상은 정자가례程子家禮로 차릴까요, 주자가례朱子家禮로 차릴까요?"

시어머니는 진땀이 날 지경이었어.

"야야, 주자가례인지 정자가례인지 우린 그런 거 모른다. 고마 너희 집 하는 대로 해라."

아주 지쳐 버린 장부자 부부는 며느리에게 두 손 두 발 다 들고 말았어. 그날 이후 며느리에게 심술부리는 것은 아예 포기하고 말았대. _ 해남군 산이면

2-2. 왕이 날 명당자리

옛날 어느 마을에 어린 딸과 어머니가 단둘이 살았어. 남편이 일찍 죽어 버려 둘이서 근근이 살아가고 있었지. 그러던 어느 날이었어. 밖에 나갔다 돌아온 어머니가 갑자기 통곡을 하며 우는 거야. 어린 딸이 깜짝 놀라 물었어.

"어무이, 와 그라시오?"

"아이고, 큰일났다. 느그 아부지 묏자리 위쪽에다 김대감 집이 자기네 묘를 쓴단다."

권세 있는 대감네 집에서 남편의 묏자리 바로 위쪽에 자기네 묘를 쓴다니 어머니는 감히 항의도 못하고 억울해했지. 그런데 이야기를 다 들은 어린 딸이 말했어.

"어무이, 염려 말으시오. 내가 가서 담판 짓고 올랑게."

미처 말릴 새도 없이 어린 딸은 혼자서 김대감 집을 찾아갔어. 그러곤 눈 하나 깜박하지 않고 대감에게 말했지.

"아, 대감댁에서는 그 자리에다가 장례를 모스요모셔요? 우리가 아부지 장사를 거기다 헐라 하다가 왕이 날 자리라고 해서 고마 이 아래쪽에다 모셨지라. 근디 이제 대감댁에서 그 왕 날 자리인 명당 잡아서 쓰시면 되것소."

김대감은 속으로 뜨끔했어. 왕 밑에서 벼슬하는 사람이 왕 날 자리에 묘를 썼다가는 역적으로 몰리지 않겠어? 김대감은 얼른 다른 묏자리를 알아볼 수밖에. 어린 딸의 기지가 아버지 묘를 구한 거지. _ 신안군 임자면

2-3. 부자 되는 아주 특별한 비법

옛날에 부자가 되고 싶어 하는 한 젊은 부부가 살았어. 하지만 아무리 노력해도 살림이 나아질 기미가 보이지 않았어. 고민하던 부부는 이웃 마을 소문난 큰 부자를 찾아가서 비결을 물어보았어.

"나리 같은 부자가 되려면 어찌하면 될까요? 제발 좀 가르쳐 주십시오."

"자네들이 이렇게 애원을 하니, 내 그 비법을 갈차가르쳐 주지. 허나 그전에 약조할 것이 하나 있다네. 무조건 내 말에 꼭 따라야 헌다는 것이네."

"암만요."

약속을 받은 부자는 부부와 함께 마을 뒷산으로 올라갔어. 그러고는 아름드리나무 아래에 멈춰 섰어.

"자네, 저그[저기] 저 나무 우로 좀 올라가소."

부자의 말을 들은 남편이 나무 위로 올라가기 시작했어.

"좀 더 올라가, 좀 더."

부자는 자꾸만 남편을 높은 곳으로 올라가라 몇 번이고 다그쳤어. 나무가 흔들거리자 남편은 겁에 질려 말했어.

"아이고, 나리 이제 더는 못 올라가겄소."

"이 사람아, 그라믄 가지를 두 손으로 꽉 움켜잡으소."

남편은 두 손으로 가지를 꽉 잡았어. 그 모습을 본 부자가 다시 말했지.

"그라믄 이제는 발을 하나 드소."

"예."

"나머지 발도 드소."

"예."

남편의 두 발이 허공에서 위태롭게 대롱거렸지. 부자가 다시 말했어.

"자, 이제는 손 하나를 놓으소."

아래에서 지켜보고 있는 아내도, 나무 위의 남편도 마음이 조마조마했어. 하지만 무조건 시키는 대로 하겠다고 약속을 했기에 남편은 손 하나를 놓을 수밖에 없었지.

"자, 이젠 마지막 손도 놓으소."

남편은 깜짝 놀라 나무에서 얼른 내려와 부자에게 소리를 지르며 대들었어.

"아니, 이제쯤 비결을 알려 줄지 알았는디, 나머지 손마저 놓으라고? 오호라, 당신은 요렇게 사람들을 죽이고 재산을 가로채서 부자가 되았구먼."

그러자 부자가 빙긋이 웃으며 남자에게 물었어.

"그래, 자네 마지막 한 손으로 가지를 잡고 있을 때 어떻게 잡았든가?"

"어떻게 잡긴요. 죽을힘을 다해서 잡았당게요."

"바로 그것일세."

"뭐가 그것이란 말이요?"

어리둥절해하는 남자에게 부자가 조용히 말했어.

"무언가를 잡을 때는 그렇게 죽을힘을 다해 들이 잡어야 허네. 시방처럼 말이여. 그럼 후엔 부자도 될 수 있는 것이제."

이후 부부는 항상 부자의 말을 마음 깊이 새겼어. 세월이 흐른 뒤 부부는 마을에서 존경받는 아주 큰 부자가 되었대. _ 신안군 압해면

2-4. 삼 년 고개와 막내딸

어느 마을에 아들 둘과 딸 하나를 가진 아버지가 살고 있었어. 하루는 일을 마치고 돌아온 아버지가 식음을 전폐하고 끙끙 앓아누웠어. 영문을 모르는 첫째아들이 아버지에게 가서 물었어.

"아부지, 와 그라요. 무신 걱정거리 있으요?"

"고것이 말이다. 넘어지면 3년밖에 못 산다는 3년 고개에서 내가 그만 넘어져 뿌려서 안 그랴나."

"아이고, 정말이라요? 아이고, 앞으로 이 일을 우짠대요."

첫째아들은 우는 소리만 늘어놓고는 그냥 갔어. 잠시 후 둘째아들이 찾아와 또 물었어.

"아부지, 와 그라요. 밖에서 무신 일 있으요?"

아버지는 둘째아들에게도 똑같이 대답해 주었지. 그러나 둘째아들도 별 뾰족한 수가 없는지라 슬퍼만 하다가 돌아갔어. 꼼

짝없이 3년 후에 죽게 생겼다고 생각한 아버지는 어린 막내딸을 불렀어.

"야야, 내가 이제 니를 볼 날이 을매[얼마] 안 남은 거 같아서 이리 불렀다."

"아부지, 그게 무신 말씸이요?"

아버지는 어린 딸에게도 3년 고개에서 넘어진 일을 말해 주었지. 그런데 그 이야기를 들은 막내딸은 이렇게 말했어.

"아부지, 그런 일이라믄 걱정을 마시오. 그저 밥이나 많이 잡수시고 3년이 다 되어 가믄 지랑 어디를 좀 가십시다."

세월이 흘러 3년이 거의 다 되어 가자 아버지는 점점 초조해졌어. 딸은 아버지를 찾아와 말했지.

"아부지, 말씸하신 3년이 을매 안 남아 시방 아부지가 돌아가시게 생겼소. 3년 고개로 앞장서시오."

어리둥절했지만 아버지는 딸과 함께 3년 고개로 갔어. 고개에 이르자 딸은 아버지를 쳐다보며 당당하게 말했지.

"아부지, 여기서 한 번 구르시오."

깜짝 놀라는 아버지에게 딸은 이어서 말했어.

"아부지, 3년 고개서 한 번 넘어지믄 앞으로 3년밖에 못 살죠? 그러나 지금 또 넘어지믄 앞으로 3년을 더 사는 거요. 내 말이 맞소 안 맞소?"

"아이구야, 니 말이 참말로 맞구나. 3년 후에 여그서 또 넘어지면 3년을 또 살 수 있는 거고."

"아부지 말씸이 참말로 맞소."

영리한 막내딸 덕분에 살 방도를 알아낸 아버지는 신이 나서 덩실덩실 춤을 추었어. 그러고는 아주 즐거운 마음으로 3년 고개에서 다시 굴렀다지. _ 장성군 장성읍

2-5. 효도도 배워야지

옛날 자손이 귀한 어느 집에 외동아들이 태어났어. 자식을 고대하던 부모는 너무나 기뻐 어쩔 줄을 몰랐지. 애지중지 먹이고 입히는 건 물론이고, 아들이 웃는 것을 보려고 무슨 짓이든 했지.

"닭 모가지를 비틀었는디 재밌냐?"

"저그 봐라, 니 에미가 돌부리에 콰당 넘어져 부렀다. 재밌지?"

"어이쿠, 밥상이 몽땅 엎어져 부렀네. 웃기자?"

그러던 어느 날, 아버지와 놀던 어린 아들이 아버지의 빰을 찰싹 때리고서는 혼자서 깔깔거리고 웃는 거야. 이를 본 아버지는 옳다구나 신이 나서 소리쳤지.

"어이쿠, 아야. 잘한다 잘해. 느그 에미도 한번 때려 보거라이."

어린 아들은 옆에 있던 어머니의 빰도 찰싹 때리고는 깔깔거렸어. 그러자 어머니도 웃으며 말했지.

"잘한다, 우리 아들. 우짜믄 이리 잘한당가."

이후 아들은 무슨 일만 있으면 부모의 빰을 때리는 것을 아주 당연하게 여기게 되었지. 밥상이 빨리 나와도 찰싹, 늦게 나와도 찰싹, 맛있는 음식이 있어도 찰싹, 없어도 찰싹.

세월이 흘러 어린 아들은 다 큰 총각이 되었어. 그리고 그 버릇은 점점 더 심해졌지. 늙은 부모는 이제는 억세진 아들의 손에 빰을 맞는 것이 두려워졌어. 그래서 아들을 보면 슬금슬금 피해 다녀야 했지.

그러던 어느 날 아들은 옆 동네에 사는 친구 집에 처음으로 놀러갔어. 그런데 친구의 행동을 본 아들은 좀 의아했어.

"야야, 저 지붕 우에다가 덕석멍석을 좀 올려라."

"예, 아부지."

친구는 아버지의 말에 빰을 때리기는커녕 곧장 지붕 위로 올라가는 거야.

"야야, 이제는 저 소를 몰아다가 지붕 우에 좀 올려라."

"예, 아부지."

무거운 소를 어떻게 지붕 위로 올릴 수가 있겠어? 아들은 말도 안 된다고 생각했지만 친구는 냉큼 소를 몰고 와 지붕으로 올리려고 애를 쓰는 거야. 그것을 지켜보던 친구의 아버지가 다시 말했어.

"야야, 안 되것다. 그라믄 소를 고마그냥 저쪽에다가 다시 갖다 매라."

"예."

이번에도 친구는 한마디 불평도 없이 소를 다시 제자리로 가져다 놓는 거야. 친구의 모습을 본 아들은 깜짝 놀라 생각했어.

'아, 자식은 부모에게 저렇게 해야 하는구나. 빰을 때리는 것이 아니구나.'

아들은 물고기 한 마리를 사서 부모가 계시는 집으로 한달음에 달려갔어. 아들이 멀리서 달려오는 것을 본 부모는 또 빰을 맞을까 봐 얼른 도망갈 채비를 했지. 이를 본 아들이 소리쳤어.

"어무이, 아부지. 그라지 말고 거기 있으시오. 좀 기다리시오."

그러고는 부엌으로 곧장 들어가 정성스레 밥상을 차려 부모 앞에 내밀었어. 부모는 영문을 몰라 눈만 껌벅거렸지.

"아부지, 어무이. 지는 이제껏 빰을 때리는 것이 부모한테 효도하는 건 줄 알았는디 그것은 틀린 것이었소. 맛난 거 부모님 먼저 맛보게 하고, 부모가 시키면 '예' 하고 대답하는 것이 효도인 줄 이제사 알았소. 앞으로는 내도 이렇게 효도하며 살 것잉께 이제는 아무 걱정 마소."

귀하게 얻은 자식이라고 버릇없이 키우다가 혼쭐났던 부모는 효자 친구를 보고 깨달음을 얻은 아들 덕에 비로소 웃으며 살 수 있게 되었지. 효도도 배워야 할 수 있는 거야. _ 해남군 화산면

2-6. 새끼줄 세 발만 있으면

옛날에 아주 가난한 아버지와 아들이 살고 있었어. 아무리 열심히 일해도 살림은 늘 궁핍하기가 이를 데 없었어. 그러던 어느 날, 한여름 뙤약볕에서 일을 하다 지친 아들이 아버지에게 불평을 늘어놓았어.

"아부지 이렇게 일을 허면 뭣헌다요. 당장 낼 묵을 끼니도 읎는디."

"야야, 넘 걱정마라. 새네끼새끼줄 서 발만 있으믄 부자로 살 수 있다는 말도 안 있냐."

아버지가 너무 대수롭지 않게 말하니 아들은 발끈하고 화가 났어.

"아니 그게 뭔 소리라요. 새네끼 서 발만 있는데 어찌게 부자로 산다요?"

"옛말에 그런 말이 있으니 내 하는 말이제."

"정말 그라요? 알었소. 새네끼 서 발만 있음 산다 허니 정말 그란지 내 함 볼끼요."

화가 난 아들은 곡괭이를 집어던지고는 새끼줄 세 발을 챙겨 무작정 길을 나섰어. 홧김에 길을 나서긴 했지만 딱히 갈 곳이 없었던 아들은 한참을 걷다가 나무 그늘 아래서 잠시 쉬기로 했어. 마침 거기에는 옹기장수가 먼저 와서 쉬고 있었지. 옆에서 쉬고 있던 옹기장수가 이제 길을 떠나려고 일어서는 순간, 지게가 기우뚱하면서 옹기 몇 개가 떨어져 깨져 버렸어. 당황한 옹기장수는 옹기를 묶을 끈을 찾으려고 두리번거렸어. 그러다 마침 새끼줄 세 발을 들고 있는 아들을 보고는 말했어.

"이보게 총각, 내 옹기 하나 줄 테니 그 새네끼 서 발 날 줄 수 없겠나."

"그라시오."

아들은 새끼줄과 옹기를 바꿨어.

옹기를 들고 다시 길을 떠난 아들이 어느 마을 어귀로 들어섰을 때였어. 우물가를 지나고 있는데 어디선가 울음소리가 들렸어. 소리 나는 곳으로 가 보니 어떤 새색시가 울고 있었어.

"이보시오. 뭔 일로 울고 있소?"

아들이 묻자 울고 있던 새색시가 말했어.

"내가 동우동이를 이고 물 질러 왔는데 고만 동우를 깨 부렸소. 시집 온 지 얼마 안 된 새색시가 물동우를 깼으니 남세스러워서 이리 울고 있소."

그러다가 새색시는 아들이 들고 있는 옹기를 보고는 반가워하며 물었어.

"총각, 혹시 그 옹기와 저그 저 내가 친정서 갖고 온 염소 한 마리랑 바꾸지 않것소?"

아들은 옹기와 염소를 바꿨어.

염소를 몰고 아들은 또다시 길을 떠났어. 그런데 저만치 앞에서 곰을 잡아 산에서 내려오고 있는 한 사냥꾼을 만났어. 사냥꾼은 염소를 가지고 가는 아들을 보고는 반갑게 물었지.

"이보시우, 총각. 혹시 그 염소랑 곰이랑 바꿀 생각 없소? 나는 이제 고향에 내려가 염소나 키우고 살고 싶은데 잡은 건 이 곰뿐이라우."

아들은 염소와 곰을 바꿨어.

곰을 등에 진 아들은 다시 발길을 옮겼지. 그런데 갑자기 어디선가 군졸 한 무리가 나타나 아들을 가로막으며 말했어.

"여보시오, 그 곰을 우리에게 줄 순 없겠소? 지금 임금님이 중한 병에 걸리셔서 백약이 무효라오. 그래서 지금 곰의 쓸개를 찾아 백방으로 돌아다니던 중이라오."

"그라요? 임금님한테 필요헌 거이면 고마 갖고 가시오."

아들은 선선히 곰을 내어 주고는 빈손으로 돌아왔어. 그러고는 아버지에게 이렇게 말했지.

"보씨오. 아부지 말씸처럼 옛말이 다 맞는 건 아니랑께요. 새네끼 서 발로 우찌 부자가 된다요."

그런데 아들이 집으로 돌아온 지 며칠 되지 않아 궁으로부터 큰 선물이 도착했어. 아들이 내어 준 곰 덕분에 임금님의 병이 나아 그 보답으로 곡식 수백 석과 논밭이 내려진 거였지. 정말 아버지 말대로 새끼줄 세 발로 아들은 큰 부자가 된 거야. _ 신안군 지도읍

2-7. 당신은 불공을 드릴 필요가 없소이다

옛날 한 여자가 시집을 갔어. 그런데 이 여자는 처음부터 시어머니 알기를 우습게 아는 거야. 시어머니를 공경하기는커녕 부엌에 가둬 놓고는 종처럼 부려 먹었어. 온 동네에 소문이 나고 사람들이 손가락질해도 여자는 못 들은 척했어.

한편 여자에게는 3년이 지나도록 웬일인지 아기가 생기지 않았어. 그래서 아기를 낳게 해달라고 불공을 드리러 갔지. 그런데 찾아간 절의 스님은 고개를 가로저으며 말했어.

"당신은 불공 디릴 필요가 없응게 가시오."

여자는 다른 절을 찾아갔어. 하지만 다른 절의 스님도 역시 고개를 가로저으며 말했지.

"당신은 불공 디릴 것 없으니 돌아가시오."

가는 절마다 공을 드릴 필요가 없다고 하니 여자는 크게 실망

했어. 그래서 한 군데만 더 가 보기로 맘먹었지. 마지막으로 찾아간 절의 스님은 여자를 빤히 보더니 이렇게 말했어.

"당신은 절에다 공을 디릴 것이 아니오. 공을 디릴 거면 신을 꺼꾸로 신고 치매를 뒤껴 입은 사람한테다 공을 디리시오."

신을 거꾸로 신고 치마를 뒤집어 입은 사람이 세상에 어디 있겠어. 낙담한 여자는 지쳐서 집으로 돌아왔지.

이때 집에서 시어머니는 며느리가 시킨 일을 하느라 정신이 없었어. 시어머니는 치마가 더러워질까 봐 뒤집어 입고 일을 하고 있었지. 그때 문밖에서 며느리가 들어오는 소리가 들렸어.

"내 왔소."

며느리 목소리에 깜짝 놀란 시어머니는 치마를 뒤집어 입은 채로 뛰어나오며 엉겁결에 신마저 거꾸로 신고 달려나왔어. 며느리는 이런 시어머니의 모습을 보고 그제야 스님의 말뜻을 알아차렸지. 잘못을 깨달은 며느리는 어머니 손을 잡고 말했어.

"아이고 어머니, 방 안으로 들어가 아랫목으로 앉으시오. 그라고 인자부터는 어머니를 잘 봉양할랑게."

그렇게 3년이 지난 후 여자는 바라던 귀한 아들을 낳았어. _보성군 벌교읍

2-8. 술 빚는 어린 소년

조선시대 어느 해 큰 흉년이 들자 임금은 어명을 내렸어.

"밥해 먹을 쌀도 없는 마당에 술을 빚는 놈들이 있다면 모두 죽음을 면치 못할 것이다."

하루는 전라도 깊은 산골짜기에서 술을 빚는 자가 있다는 신고가 들어왔어. 임금은 노발대발하며 밀주 단속을 맡은 유진앙을 불러 명령했어.

"사흘 안에 밀주 만든 놈을 잡아들여라. 못 잡으면 네 목을 칠 것이다."

유진앙은 그길로 암행을 떠났어. 그렇지만 밀주업자를 찾을 길이 막막했지. 그러다 유진앙은 좋은 수를 생각해 내고는 곧장 전에 출입하던 기방의 애첩을 만나러 갔어. 다음 날 아침, 유진앙은 배를 부여잡고 아픈 척하며 데굴데굴 굴렀어. 애첩은 깜짝 놀라 물었지.

"아이 우디가 아파서 이러십니까?"

"내가 배가 너무 아프구나."

"뭔 약이 없소?"

"있기는 한데 그것이 술을 먹어야 낫는 병이라 큰일이다. 허나 지금 금주령이 내려졌으니 어디서 술을 구한단 말이냐."

"하늘이 무너져도 솟아날 구멍이 있다는디, 사람이 설마 죽기야 할랍디요? 안심허시오."

밤이 되자 애첩은 옷을 챙겨 입고 어디론가 가기 시작했어. 유진앙은 옳거니 하며 뒤를 몰래 쫓아갔어. 애첩은 산골짜기 작고 누추한 집으로 들어가더니 잠시 후 술병을 하나 들고 나왔어. 유진앙은 바로 튀어나와 술병을 뺏어 들고 고함을 쳤어.

"지금 나라에서 금주령을 내렸는데 이것은 누가 만든 술이냐?"

그러자 비쩍 마른 노파 하나가 엎어질 듯 나와 고개를 조아리며 말했어.

"잘못했십니다. 하나 있던 아들이 죽어 부려 죽으로 겨우 연명한디요. 그것도 하리이틀하루이틀이지, 이래 죽으나 저래 죽으나 매한가진께 몰래 술을 해서 게우겨우 삽니다. 모든 거는 나가 헌 일이니 나 목을 비베어 주시오."

그러자 이번에는 며느리가 무릎으로 기어 나오며 소리쳤어.

"아니요, 우리 어무이는 암것도 몰라라우. 전부 내가 한 거인께 날 죽이 주시오."

그러자 이번엔 며느리의 열 살 먹은 어린 아들이 나와 눈물을 뚝뚝 흘리며 말했어.

"나릿님, 예로부터 집안은 장부가 책임져야제. 나가 이 집 호주니께 나를 죽여 주시오."

서로 자기를 죽이라고 하는 가족들을 보자 유진앙은 차마 목을 벨 수 없었어.

"아, 내가 죽었으면 죽었지 이 가족들은 못 죽이겠다."

그러고는 그 길로 임금에게 찾아가 무릎을 꿇고 말했어.

"소인이 아무리 수색을 해봐도 밀주 만든 놈들을 찾을 수가 없었습니다. 그러니 제 목을 베어 주십시오."

임금은 유진앙을 죽이지 않고 대신 제주도로 귀양을 보냈어.

한편, 유진앙 덕에 죽음을 면했던 사내아이는 은혜를 갚겠다는 일념으로 밤낮없이 공부를 했어. 몇 년 후 사내아이는 과거에 급제를 했고, 귀양 중인 유진앙도 구명해 내어 결국 은혜를 갚았지. _ 고흥군 점암면

2-9. 김생 이야기

옛날 김생이라는 명필가가 있었어. 어릴 때부터 글 쓰는 솜씨가 뛰어났던 김생은 10년 작정을 하고 깊은 산속으로 글씨 공부를 하러 들어갔어. 타고난 소질이 있는 데다 열심히 하니, 8년쯤 지나자 김생은 자신감이 들었어.

'이만하면 내가 세상에 나가 명필 소리를 듣기에 손색이 없겠다.'

김생은 공부를 중단하고 산을 내려가기로 결심했어. 봇짐을 챙기고 있는데 갑자기 바깥에서 인기척이 나는 거야.

"실례합니다."

"누구시오?"

문을 열어 보니 단정하게 차려입은 웬 처녀가 서 있었어. 처녀는 방으로 들어오더니 큰절을 올렸어. 김생은 어리둥절해서 물었지.

“아가씨는 뉘시오?”

“저는 이 산중에 들어와 질쌈[길쌈]질을 익힌 지 10년이 되었습니다. 이제 10년을 채우고 내일 나갈라 헙니다. 선비님도 10년 작정으로 글씨 공부를 오셨다드마요?”

“그렇소.”

“선비님은 이제 8년이 되았지요? 그래서 지가 먼저 간다고 안녕히 계시라고 인사를 디릴라고 왔습니다. 부디 끝까지 공부 잘 허시고 안녕히 계시씨요.”

“비록 8년째이지만 공부가 다 된 것으로 자부합니다. 그래서 저도 내려갈까 합니다.”

“그라요? 그라믄 우리 여그서 시험이나 한번 해봅시다. 불을 꺼 놓고 선생은 글씨를 쓰고 저는 바느질을 합시다. 선비님의 글씨나 제 바느질이나 비뚤어져서는 안 됩니다.”

깜깜한 밤중에 김생은 글씨를 쓰고 처녀는 바느질을 했지. 이윽고 불을 켜고 서로의 솜씨를 비교해 보았어. 그런데 처녀의 바느질은 반듯했지만 김생의 글씨는 비뚤비뚤했어. 김생은 부끄러워 얼굴을 들지 못하고 말했지.

“제가 너무 교만했나 봅니다.”

김생은 봇짐을 다시 풀고 2년 동안 더욱더 열심히 글씨 공부를 했어. 10년 공부를 채우고 세상에 나온 김생은 중국 왕희지 못지않은 명필로 이름을 날렸지. _ 고흥군 점암면

3부

남도가 사랑한 사람들

3-1. 자기 배짱만큼 산다

옛날에 허미수 선생이란 분이 계셨어. 어느 날 조카가 선생을 찾아왔어. 가난한 살림을 견디다 못해 외숙부인 선생네서 행여나 무엇을 좀 얻어 갈까 하고 온 거야. 그런데 선생은 "아 왔느냐"고 한마디 하고서는 며칠이 지나도록 별말이 없는 거야. 소심하고 눈치만 보는 성격 때문에 아무 말도 못하고 있던 조카는 어느 날 겨우 용기를 내어 선생에게 말했어.

"숙부님, 저 내일 고마 갈랍니다."

"응, 그래? 그럼 나를 따라 어디를 좀 가자."

선생은 조카를 배에 태워서 한참을 어딘가로 나아갔어. 이윽고 바다 한가운데 큰 모래톱에 도착했지. 거기에는 크기가 서로 다르고 윤기 나는 검은 돌들이 잔뜩 쌓여 있었어.

"여기서 니 맘에 드는 돌 세 개만 주워 오너라. 딱 세 개다."

조카는 배에서 내려 한참을 머뭇거리며 돌을 줍기 시작했지. 주먹만큼 큰 돌이 많이 있는데도 조카는 바둑돌같이 작은 돌 세 개만 겨우 주워 오는 거야. 선생은 속으로 중얼거렸어.

'니 담력과 배짱이 겨우 그 정도 크기구나. 그렇다면 할 수 없다.'

그러고는 아무 말 없이 여비를 조금 챙겨 준 후 조카를 고향으로 돌려보냈어.

고향으로 돌아온 아들을 보자마자 어머니가 물었어.

"그래, 아재가 뭣을 주시더냐?"

"아무것도 주신 것이 없소. 어제 저녁에 나더러 돌멩이 세 개만 주워 가라 하셔서 그것만 가지고 왔어라."

"아무리 그래도 그 어른이 아무 소용없는 걸 조카에게 보내기야 했겠냐. 마침 집에 쌀이 똑 떨어졌다. 혹 모릉께 낼 아침에 저잣거리에 나가서 이것을 팔아 봐라."

다음 날, 아들은 돌멩이를 한지에 곱게 싸서 저잣거리로 나갔어. 하지만 한나절이 지나도록 그것이 무엇이냐고 물어보는 사람조차 없는 거야. 그런데 장이 파할 무렵 그곳을 지나던 한 상인이 아들에게 달려와 말했어.

"허, 요런 곳에 이런 귀한 물건이 다 있네."

알고 보니 그 돌은 나라의 값비싼 장식품에만 쓰이는 아주 귀한 돌이었어.

상인은 아들에게 물었어.

"돌 한 개에 얼마를 받으시겠소? 내 부르는 대로 값을 치르지요."

그러자 배짱 없는 아들은 이번에도 우물쭈물 머뭇거리다가 모기만 한 소리로 말했어.

"그럼, 한 개에 열 냥씩 주시오."

아들은 돌 하나에 겨우 열 냥씩만을 받아 집으로 돌아왔지. 이번에도 그저 자기 배짱만큼 받은 거야. _ 해남군 화산면

3-2. 바닷물을 막은 비석

옛날에 아주 지혜롭기로 소문이 자자한 허군수라는 사람이 있었어. 그 허군수가 어느 마을로 부임을 하게 되었어. 그런데 마을에 도착해 보니 온통 갯벌투성이라 농사를 지을 땅이 없어도 너무 없는 거야. 허군수는 그날로 석수장이를 불러 큰 비석 두 개를 만들라고 지시했어.

비석을 두 개 만든 허군수는 그중 하나를 동헌 마루 밑 깊숙한 곳에 파묻어 두라고 했어. 그리고 나머지 하나는 바닷물이 들어오는 경계선에 세우라고 지시를 내렸지. 그랬더니 그 후로는 신기하게도 바닷물이 딱 그 경계선까지만 밀려오다가 멈춰 버리는 거야. 백성들의 농사 짓기는 더 수월해지고 살림살이도 늘어났지. 그렇게 백성들의 칭찬을 한몸에 받던 허군수는 임기가 다해 남원 땅으로 갔어.

허군수가 가고 난 뒤 윤군수라는 사람이 부임을 해왔어. 그런데 윤군수가 보니 바닷물이 딱 비석까지만 들어오고 더 이상 마을에 들어오지 않는 것이 묘하거든.

“어째서 저렇게 된 것이냐?”

윤군수가 물었어.

“예, 허군수께서 비석을 저렇게 세운 이후로는 신기하게도 바닷물이 안 들어와 저희가 이렇게 편히 살게 되었습니다요.”

윤군수는 코웃음을 쳤어.

“자연적으로 그렇게 된 것이겠지. 설마 허군수의 조화로 그렇게 된 것이겠느냐.”

그러고는 이방을 불러 말했어.

“저 빗돌을 빼내 부숴 버려라.”

그랬더니 바닷물이 다시 엄청나게 밀려들기 시작했어. 곡식이 완전히 쓸려 가 버리고 땅도 다시 농사 짓기 힘들게 변해 버렸지. 윤군수는 입이 두 개라도 할 말이 없게 되었어.

그때 나이 든 이방 하나가 허군수가 마루 밑에 숨겨 놓으라 했던 비석을 생각해 냈어. 이방은 사람들을 불러 동헌 마루 밑에 깊이 묻힌 비석을 파냈지. 그러고는 비석을 예전 그 자리에 세워 놓자 신기하게도 바닷물이 바로 뚝 끊어졌어. 실은 허군수가 마을을 떠나기 전에 이방을 불러 이렇게 말해 두었어.

"내가 가고 난 뒤에 변이라도 생기면 동헌 마루 밑을 파서 이것을 다시 가져다 세우거라."

허군수는 앞날까지 내다볼 수 있는 현명한 사람이었어. _ 해남군 화산면

3-3. 김덕령 장군과 누나

임진왜란 때 의병을 일으켜 국난을 극복한 충장공 김덕령 장군의 어린 시절 이야기야. 김덕령 장군이 열여섯 살 되던 때 동네에서 아주 큰 씨름 대회가 열렸어. 전국에서 내로라하는 힘센 장사들이 구름같이 모여들었지. 힘자랑이 하고 싶었던 김덕령도 기회를 놓치지 않고 씨름 대회에 참가하기로 했어.

한편, 덕령에게는 손위 누이가 하나 있었어. 씨름 대회에 나가면서, 덕령은 평소 따르던 누이에게 자랑스레 큰소리를 쳤어.

"누이, 잘 보드라고. 나가기만 허믄 내가 바로 천하장사를 해 불 것잉께."

호언장담을 하고 나간 씨름 대회에서 덕령은 정말로 우승을 해버렸어. 열여섯 먹은 아이가 전국의 이름난 씨름꾼들을 모두 이기고 송아지까지 상으로 탔으니 얼마나 좋았겠어. 흥분한 덕령은 소리를 지르고 공중으로 뛰어오르며 난리도 그런 난리가 없었지. 그런데 그때, 덕령 앞에 자그마한 체구의 어떤 사람이 조용히 다가와 말했어.

"저기, 지와 씨름 한판 함 해주시면 안 되것소?"

덕령은 속으로 생각했지.

'우승까지 한 마당에 요런 쬐끄만 사람과 대결 한번 하는 것이 뭐가 대수것어?'

덕령은 한껏 으스대며 씨름판 위로 다시 올라갔어. 대결이 시작되자 자그마한 체구의 상대를 얕잡아 보고 방심하던 덕령은 그만 모래판에 벌러덩 보기 좋게 나자빠지고 말았어. 어이없게도 한 방에 고꾸라진 덕령이 겨우 정신을 차렸을 때는 그 사내가 이미 흔적도 없이 사라지고 난 후였지.

힘없이 어깨를 축 늘어뜨리고 집으로 돌아온 덕령은 누나에게 자초지종을 말했어.

"내가 오늘 이겨 부렀다고 경거망동했더니 결국엔 나보다 더 쬐그만 사람헌테도 지고 말았네."

"그래, 니가 오늘 참말로 좋은 것을 배웠구나. 힘이 세서 이겼다 허드라도 사람은 끝까지 겸손혀야 실수가 없는 벱이다."

자그만 체구의 그 사내는 바로 남장을 한 덕령의 누나였어. 누나는 동생이 씨름에서 이긴 후 흥분하고 으스대는 걸 멀리서 몰래 지켜보았어. 그러고는 남몰래 남장을 하고 덕령에게 씨름 대결을 신청한 거야. 누이는 동생에게 겸손하지 못하면 바로 실수할 수 있다는 것을 몸소 깨우쳐 준 거지._화순군 화순읍

3-4. 보길도 키다리

전라남도 보길도에 키가 엄청나게 큰 사람이 있었어. 키가 얼마나 컸는지 섬 안에 있는 옷감을 다 모아도 옷 한 벌을 못해 입을 정도였지. 그래서 마을 사람들은 육지에서 옷감을 날라다가 보태서 옷을 한 벌 해줬어. 그랬더니 그 사람이 기분이 좋아서 수리봉 꼭대기에 올라가 날마다 덩실덩실 춤을 췄어. 날마다 춤을 추다 보니 그 그림자에 가려서 응달진 데가 생겼어. 응달진 땅에는 곡식이 나지 않아 그 땅 임자는 한 해 농사를 다 망쳐 버렸지. 농사를 망친 농부가 동네 사람들한테 말했어.

"저대로 놔둬서는 안 되겄다. 좌우간 나라에다 상소를 해가지고 저놈을 어떻게 벌을 줘야지 쓰겄다."

어찌어찌해서 상소가 임금님에게까지 올라갔지. 임금님이 물었어.

"도대체 얼마나 큰 놈인데 응달이 져서 밭을 못해 먹는단 말이냐? 내려가서 그 키다리 놈을 잡아오도록 해라."

한 사흘이 지나자 임금님이 있는 대궐에 키다리가 와서 절을 했어.

"여기 왔습니다."

얼마나 키가 컸냐 하면 키다리 얼굴은 대궐 안에 있는데 그 몸이 다 보이지 않는 거야. 발은 보길도 수리봉에 두고 몸만 숙인 거지. 임금님은 자초지종을 물었어.

"니가 과연 저놈의 농사를 다 망쳐 놓았느냐?"

"예, 저는 옷이 하나 생긴 것이 너무 좋아 그저 춤을 추다 그리 됐습니다."

"그럼 앞으로는 그런 짓을 하지 말거라."

"안코안 하고 말고라."

"그래도 죄를 지었으니 볼기 세 대는 맞어야겠다. 여봐라, 저 놈 볼기를 세 대 쳐라."

"예, 근디 지 볼기가 시방 해룡지금의 순천 갯머리에 있습니다."

결국 매꾼들은 볼기 세 대를 때리기 위해 해룡까지 내려가야 했지. 남자가 볼기를 다 맞고 일어난 곳은 도로 보길도 수리봉이었대. _ 보성군 벌교읍

3-5. 물 한 동이로 고친 병

옛날 대동마을이라 불리는 곳에 김동의라는 명의가 살고 있었어. 워낙 병을 잘 고쳐서 그 이름이 남해안 일대까지 알려졌지. 그즈음 여수에 새로 부임한 수군통제사가 병에 걸렸어. 새로 부임한 터라 여기저기 불려 다니며 대접을 많이 받은 것이 화근이었지. 속이 답답하고 소화가 안 돼서 무얼 먹을 수가 없게 되자 수군통제사는 부하를 불러 말했어.

"대동마을 김동의가 명의라고 하니 그자를 불러야겠다."

불려 온 김동의가 진맥을 해보니 크게 체한 것이 분명했지. 김동의는 말했어.

"한동안 드러누워 계시다가 오뉴월이 되며는 그때 직접 우리 집으로 오씨요. 내가 약을 지어 드리리다."

통제사는 약은 주지도 않고 자기를 오라 가라 하는 김동의가 마음에 들지 않았어. 하지만 명의라니 믿어 볼 수밖에.

드디어 약속한 때가 오자, 통제사는 직접 말을 몰아 김동의 집으로 달려왔어. 오뉴월에 여수에서 보성까지 먼 길을 쉬지 않고 달려오느라 통제사는 온몸이 땀으로 흠뻑 젖었어.

"의원 거기 있소?"

그러자 하인들이 대답했지.

"계십니다요."

"나는 수군통제사다. 물러서거라."

그런데 절대 들여보내 줄 수 없다고 하인들이 문 앞에 떡 버티고 서는 거야. 통제사를 절대 집 안으로 들이지 말라고 김동의가 미리 하인들에게 당부를 해두었기 때문이지. 통제사는 땀을 흘린 데다가 하인들과 실랑이까지 하느라 목이 마르고 속이 부글부글 끓었어. 그런데 문틈으로 보니 김동의가 평상 마루에 앉아 느긋하게 부채질을 하고 있는 것이 아니겠어. 통제사는 화가 머리끝까지 올라 하인들을 닥치는 대로 두들겨 패고 집 안으로 들어갔어. 그랬더니 김동의는 태연하게 통제사를 쳐다보며 말했지.

"아, 어서 이리 와 앉으십시오. 어쩐고, 더우신가요?"

"덥기만 하냐, 사람이 죽어 나갈 지경이다."

그러자 김동의는 하인을 불러 말했어.

"저그 물 좀 갖고 와라."

하인이 물동이를 가져오자 통제사는 바가지를 냅다 낚아채 물을 벌컥벌컥 들이켰어. 그래도 성에 안 차는지 아예 항아리째로 들고 마셔 버렸지. 그제야 속이 풀린 통제사는 김동의 앞에 앉아 눈을 부라리며 이제는 처방을 달라고 했어. 그러자 김동의는 아무렇지도 않은 듯 웃으며 말했어.

"그냥 돌아가시오."

"이런 호로자식, 여기까지 나를 오게 하고는 약도 주지 않고 돌아가라니?"

"통제사님, 한양에서만 지내셔서 회를 자셔 본 적이 읎지요? 근디 여수 통제사가 되시믄서 여그저그서 생선회를 대접받고 좋아라 하셨을거요. 그렇게 드시다 고기비늘이 목구멍에 딱 걸렸다 그것이오."

듣고 있던 통제사가 갑자기 소리를 버럭 질렀어.

"그렇게 잘 아는 놈이 나를 여기까지 오라 가라 했냐?"

그러자 김동의는 빙긋 웃으며 이야기를 계속했어.

"이 병은 아무리 약을 해도 소용이 읎소. 그란디 여그까지 오심서 땀도 많이 흘리고, 화가 나서 열도 많이 오르셨지라. 그라고 나서 물을 동이째 마심서 그것을 다 씻어 부렀은게 인자는 암시랑도아무렇지도 않소. 그러니 가라고 했소."

사실 통제사를 여기까지 오게 하고 하인들과 실랑이를 하게 한 것은 모두 통제사가 땀을 흘리고 열을 내게 하려는 처방이었지. 이것은 몸 안의 혈을 순환시키기 위한 것이었어. 김동의는 이렇게 맹물 한 동이로 묵은 체증을 고친 거야. 그 후로도 김동의는 명의로 계속 이름을 날렸어. _ 보성군 조성면

3-6. 혼령이 알려 준 과거시험

박문수가 과거시험을 보기 위해 서울로 올라가는 길이었어. 하루는 어느 마을 큰 부잣집에서 묵어가게 되었어. 그 집의 주인은 이진사라는 사람이었어. 그런데 이진사는 얼굴에 수심이 가득하고 잠도 제대로 자지 못하는 것 같았어. 박문수가 곡절을 묻자 이진사가 긴 한숨을 내쉬며 말했지.

"내가 지금 기가 맥힌 일을 당하고 있십니다."

"무슨 일을 당했단 말씀이요?"

"달랑 아들 하나를 두어 글공부를 시키고 장가를 보냈는디, 아 글씨 장가간 첫날 아들이 온데간데없이 없어져 부렀습니다. 범이 물어 갔는지 도깨비가 채 갔는지 도대체 알 수가 없소. 며느리는 예법 땜시 할 수 없이 여그로 와 남편도 없이 살기는 헌디, 그라니 내 맘이 편컸소?"

박문수는 속으로 '이것은 필시 무슨 음모가 있는 것이 분명하다'고 직감했어. 그러나 당장 과거가 급하니 나중에 이것을 파헤쳐 보겠다고 생각했어.

날이 밝자 박문수는 다시 서울로 길을 떠났어. 그런데 길을 가던 중 웬 동자 하나와 마주치게 되었지. 옷깃을 스치는 순간 동자가 말을 걸었어.

"선비님, 혹시 과거 보러 서울 가시오?"

"그렇소마는."

"과거는 이미 끝나 부렀습니다."

"아, 여보시오. 과거 날짜가 아직 보름이나 남았는데 그 무슨 말씀이오?"

"나가 지금 장원된 사람 글까지 보고 온디요?"

"그럴 리가, 그럼 과거시험의 시제가 어떻게 났습디까?"

"시제가 '낙조'라고 났십디다."

"그럼 장원된 글을 좀 읊어 보시오."

"낙조토홍 괘벽산落照吐紅 掛碧山

한아척진 백운간寒鴉尺盡 白雲間

문진행객 편운급問津行客 鞭運急

심사귀승 장불한尋寺歸僧 杖不閒

방목원두 우대영放牧園頭 牛帶影

망부대상 첩저환望夫臺上 妾低鬟

창연고목 계남리蒼煙古木 溪南里*

아고, 한 줄이 더 있었는데 그 담은 잊어 뿌렀소."

동자와 헤어진 박문수는 과거시험이 끝났다는 말에 힘이 빠졌으나, 기왕 왔으니 서울을 둘러볼 생각으로 장안으로 들어왔지. 그런데 이상한 것이, 장원이 정해지기는커녕 아직 과거 날도 안 지났다는 거야.

'아니, 그럼 그 동자가 한 말은 뭐지?'

박문수는 귀신에 홀린 기분이었어.

며칠 후 과거 날이 되어 박문수는 시험을 보러 왔어. 그런데 묘하게 과거 시제가 '낙조'였어. 동자가 들려준 글을 기억해 낸 박문수는 손쉽게 시험을 봤고, 동자가 잊어 버렸다는 마지막 줄은 '단발초동 농적환短髮樵童 弄笛還'(단발머리 초동이 피리를 불며 돌아오는구나)이라는 글귀로 마무리했지. 박문수는 이렇게 장원 급제를 했어.

* 석양은 붉은 색을 토해 내며 푸른 산에 걸려 있고
외로운 갈까마귀 자로 잰 듯 흰 구름 속으로 사라지네
먼 길가는 길손은 발길을 서두르고
절로 돌아가는 늙은 중의 지팡이질도 급해지네
목장 언덕 위에는 소떼의 그림자 길게 드리워지고
망부대 위 애첩의 쪽진 머리도 낮아지는데
푸른 연기 피어오르는 남쪽 계곡 마을에는

박문수는 암행어사가 되어 돌아가는 길에 얼마 전 머물렀던 이진사 집을 다시 찾아갔어. 이진사 아들이 사라진 이유를 밝히기 위해서였지. 그는 제일 먼저 이진사 며느리가 있는 방을 지켜봤어. 한밤이 되자 담 너머에서 돌멩이 하나가 날아와 '툭' 떨어졌어. 박문수는 속으로 '옳거니' 하면서 더 깊숙이 몸을 숨기고 기다렸지. 잠시 후 이진사 며느리가 밖으로 나와 주위를 살피더니 사다리를 가져와 담벼락에 턱 걸쳤어. 그러자 어떤 사내 하나가 사다리를 타고 훌쩍 내려왔어. 둘은 방으로 들어가 밤새 희희낙락거렸어.

박문수는 다음 날 아침 한방에 있던 며느리와 사내를 바로 잡아들였어. 그러고는 둘을 향해 호통을 쳤지.

"너희가 이진사 아들을 죽였으렸다."

덜미를 잡힌 사내와 며느리는 죄를 인정할 수밖에 없었지.

"죽을 죄를 짔십니다."

"고얀 놈, 시체는 어떻게 했느냐?"

"저 앞에 짚은깊은 연못 속에다가 집어넣어 버렸십니다."

박문수는 연못을 뒤져 이진사 아들의 시체를 찾았지. 죽은 지 몇 달이 지났는데도 시체는 전혀 썩지 않고 예전 모습 그대로였어. 그런데 이진사 아들의 얼굴을 본 순간, 박문수는 깜짝 놀랐어. 과거 보러 가는 길에 만났던 그 동자와 얼굴이 똑같았기 때문이야. 박문수는 그 동자가 이진사 아들의 혼령이었다는 것을 깨달았지. 이렇게 혼령 덕분에 박문수는 어사로서의 첫 임무를 잘 해낼 수 있었지. 이후로 박문수는 백성들의 억울함과 고단함을 해결해 주는 명사또로 이름을 날렸대. _ 고흥군 점암면

3-7. 황정승 이야기

옛날에 나랏일을 잘 보살피던 황정승이 살았어. 명석하고 영험한 황정승의 평판은 온 세상에 퍼져 있었지. 사람들은 모르는 것이 있을 때면 언제나 황정승을 찾았고, 그럴 때마다 황정승은 훌륭하게 해결해 주었지. 그렇지만 정작 자신은 매 끼니 걱정을 할 만큼 가난했어. 정승의 부인은 한숨이 끊이질 않았어.

"아이, 다들 정승을 하믄 잘 살고 그런단디, 왜 우리는 이렇게 사요?"

"당신은 부자가 그렇게 좋은가 보오."

황정승은 그저 빙긋이 웃으며 부인에게 말했지.

그해 가을이었지. 느닷없이 까마귀와 까치가 정승집 마당으로 나락벼을 물어 나르기 시작했어. 그랬더니 사나흘 만에 정승집 안마당은 나락으로 가득 차게 되었어. 마당에 가득 쌓인 나락을 보며 황정승은 부인에게 말했어.

"우리 인자 부자요. 자네 인자 푸근한가?"

"좋지 그럼, 당신은 안 좋소?"

그러자 황정승은 조용히 말했어.

"그런기 아니여. 이 곡식은 다린[다른] 곡식이 아니라 들판에 떨어진 곡식인디, 까마구·까치가 이것을 안 묵으믄 다 굶어 죽는다고. 저거들 죽이고 우리 둘이 잘 살믄 뭣할 거인가."

이야기를 마친 황정승은 조용히 집 안으로 들어갔어.

그런데 이튿날 아침, 까마귀와 까치들이 다시 날아와 순식간에 황정승 안마당에 쌓여 있던 나락을 모두 물어 가 버렸어. 하루아침에 황정승 집은 다시 가난해졌지. 텅 빈 안마당을 보면서 황정승은 미리 알고 있었다는 듯이 웃으며 말했어.

"요렇게 사는 것이 좋은 거이지. 우리는 그냥 요대로 살세, 응?"

부인도 그제야 고개를 끄덕였지. 욕심 없이 자연의 이치대로 살아가려는 황정승의 마음을 부인도 이해하게 된 거야.

당시 나라는 당쟁 때문에 혼란을 겪고 있었어. 황정승 역시 위태로운 상황에 놓이게 되었어. 나이가 들어 임종을 맞게 된 황정승은 아들에게 유서 한 장을 남겼어.

"니가 위험하게 될 때 이것을 꼭 열어 봐라."

그리고 황정승이 죽자, 그의 아들은 옥에 갇히는 신세가 됐어. 아들은 아버지의 유서를 품속에 간직한 채 묵묵히 잡혀갔지.

그때 중국에서 천자가 공작 한 마리를 우리 조정으로 보냈어.

"이놈을 잘 키워서 다시 대국으로 보내라."

그런데 문제는 공작이 아무것도 먹지를 않는다는 거야. 아무리 좋은 먹이를 줘도 입을 떼지 않아 조정에서는 난리가 났어. 그때 누군가가 말했어.

"황정승 같은 분이 살아 있었으면 해결할 수 있었을 텐데."

"마침 여기 황정승 아들이 옥에 잡혀 와 있으니 함한번 물어봅시다."

신하들은 황정승 아들에게 달려가 방법을 물어보았어. 그러나 아들 역시 알 리가 없었지.

"네가 방법을 알려 주면 여기서 살아 나갈 수 있을 것이다."

그때 아들은 아버지 황정승이 남겨 준 유서가 떠올랐어. 유서를 펴 보니 거기엔 놀랍게도 이런 글귀가 쓰여 있었어.

'천자의 나라에서 온 공작은 거미를 먹고 산다.'

신하들은 황정승의 아들이 알려 준 대로 거미를 잡아 와 공작 앞에 가져다 놓았어. 그러자 공작은 입을 벌려 거미를 먹기 시작했지. 사실은 중국에서도 공작을 살릴 방도를 몰라 우리나라로 보낸 거였어. 그리고 만약 공작이 죽으면 그것을 빌미 삼아 조선으로 쳐들어올 작정이었지. 황정승의 혜안 덕분에 위기를 모면한 조정은 황정승의 아들에게 큰 벼슬을 내렸어. _ 고흥군 점암면

3-8. 장군이 될 뻔한 송팔응

고흥에 팔영산이라는 큰 산이 있어. 그 산 아래에서 송팔응이 태어났지. 송팔응을 낳을 때, 그의 아버지 꿈에 백발노인이 나타나 이렇게 말했대.

"나는 팔영산 신령이다. 너희 집안에 인물을 하나 보낼 터이니, 그 애기를 잘 키워라."

이렇게 여덟 형제 중 막내로 태어난 송팔응은 어려서부터 힘이 장사였어. 배우지도 않았는데 무예가 뛰어난 것은 물론, 제 손으로 활과 칼을 직접 만들기도 했어. 뿐만 아니라 팔영산 자락에 있는 큰 바위를 과녁 삼아 활쏘기 연습을 하고 큰 바위로 돌팔매질까지 했대.

하루는 송팔응이 무술 연습을 하고 있는데 어디선가 요란한 말 울음소리가 들렸어. 날쌔고 용맹해 보이는 말 한 마리가 안장도 없이 나타나 마구 뛰어다녔어. 사람들은 그 말을 잡을 수 없어 쳐다보고만 있는데, 송팔웅은 날 듯이 달려와 단숨에 올라탔어. 그러자 말이 갑자기 온순해졌어. 이후로는 둘은 하나가 되다시피 붙어 다녔지.

어느 날, 말을 시험해 보고 싶은 생각이 든 송팔웅은 말에게 이렇게 말했어.

"나가 저 바우에 활을 쏠 터이니 너는 화살보다 먼저 저 바우에 당도해야 한다."

송팔웅은 바위를 향해 힘껏 활을 쏘았고, 말은 그를 태우고 재빨리 바위를 향해 달렸지. 그때 송팔웅의 귀 옆으로 화살이 '쌩' 하고 날아가는 소리가 들렸어. 송팔웅은 말이 화살보다 늦었다고 생각하자 화가 치밀어 올라 도착하자마자 말의 목을 쳐 버렸어. 바로 그 순간, 화살이 날아와 바위에 뒤늦게 '퍽' 하고 꽂혔어. 조금 전 들었던 화살 소리는 실은 바람 소리였던 거야.

그는 깊이 후회하며 눈물을 흘렸지만 이미 벌어진 일을 다시 되돌릴 수는 없었지. 그날 이후 송팔웅은 집에 틀어박혀 다시는 밖으로 나오질 않았어. 그의 출중한 무예 실력은 급한 성미 때문에 세상에 한번 쓰여 보지도 못하고 사라지고 말았지. 이를 안타깝게 여긴 후대 사람들은 그의 뛰어난 무술 솜씨를 칭송해서 '송팔웅 장군'이라고 불러 주었어.

지금도 고흥군 점암면 대룡리 일대에는 송팔웅이 돌팔매질을 할 때 썼던 돌들이 길가에 흩어져 있어. 돌 하나하나가 너무 커서 대여섯 명이 들어야 겨우 옮길 수가 있는데, 송팔웅은 그걸로 돌팔매질을 했다니, 과연 아까운 장군감이었던 거지. _ 고흥군 점암면

4부

위기를 기회로, 큰일 날 뻔했네

4-1. 궤짝이 들은 진실

옛날 어느 마을에 일 잘하는 머슴 부부가 살고 있었어. 부부는 새경을 열심히 모아 조그마한 논밭이라도 가지는 게 소원이었어. 그런데 머슴살이한 지 5년이 다 되어 가는데도 주인에게서 새경을 한 푼도 받지 못했어. 주인이 자꾸만 "내년에 한꺼번에 주겠다"며 미루고 있었기 때문이지. 5년이 다 되어 가던 즈음에 머슴이 주인에게 말했어.

"나리, 이제 새경을 좀 주십시오. 약조하신 지 5년이나 되었습니다요."

"아, 그래? 벌써 그렇게 되었나? 알았어, 좀 기다려 봐."

조금만 기다리라는 주인의 말에 머슴은 뛸 듯이 기뻐했어. 그러나 인색한 주인은 5년치 새경을 한꺼번에 주려니 더 아깝고 주기가 싫었어. 궁리 끝에 주인은 꾀를 하나 생각해 냈어. 그러고는 머슴의 아내를 찾아갔지.

"이보게. 내가 5년치 새경을 이미 자네 남편에게 다 주었다고 증인을 좀 서 주게. 글케만 해주믄 내가 자네 남은 여생을 편안하게 책임지것네."

홀아비인 주인의 말을 들은 머슴의 아내는 생각해 보니 그럴듯한 거야.

'그래, 평생을 이렇게 살아 봤자 머슴밖에 더 하겠어? 이참에 나도 부잣집서 호강하며 팔자를 고쳐 봐야것다.'

이런 사정을 까맣게 모르는 머슴은 며칠이 지나자 주인을 찾아가 말했어.

"나리, 약조하신 새경을 청산해 주시오. 고것으로 이제 논밭도 사고 할라요."

머슴의 말이 끝나자마자 주인은 깜짝 놀라는 척을 하며 소리쳤어.

"아니, 이 사람아 뭔 새경을 또 달라는가? 작년 그믐에 내가 5년치를 다 청산해 줬는디, 또 새경을 달라고? 예끼, 정신없는 소리하려면 내 집에서 썩 꺼지게."

갑자기 달라진 주인의 태도에 머슴은 어이가 없었어.

"아이고, 나리. 그게 무신 말씀이시오. 내 언제 새경을 받었다고 그라시오. 나는 한 푼도 받은 적이 없잖소. 저그 우리 마누라를 불러와서 함 물어보시오. 내 언제 새경을 받았는지."

부인이 불려 오자 머슴은 얼른 사실을 말하라고 재촉했어.

그러자 부인이 말했어.

"아이고, 여보. 와 그라시오. 여기 쥔 양반께서 작년에 5년치 새경을 다 주시는 것을 내 이 두 눈으로 똑똑히 보았는디 무슨 그딴 소리를 하고 있소. 새경을 두 번 받을라고 그라요?"

머슴은 기가 막혔어. 받지도 않은 새경을 주인은 주었다고 우기고, 또 아내마저 주인 편에 서서 자신을 모함하니 말이야.

억울했던 머슴은 하는 수 없이 관가를 찾아가 울면서 하소연을 했어. 이야기를 들은 원님은 주인과 머슴의 아내를 같이 불러들였어. 여전히 주인은 자신은 새경을 주었고 증인도 있다고 당당하게 나왔고, 머슴의 아내 역시 새경 주는 것을 보았다고 증언했어. 잠시 생각하던 원님이 이방에게 말했어.

"궤짝 하나를 가져오라."

이방이 궤짝을 가져오자 원님은 머슴의 아내를 궤짝 속에다 넣고 자물쇠를 채우며 말했어.

"이 사건은 증인의 말이 결정적이다. 그래서 내 증인을 보호하기 위해 이 속에 넣었으니 아무도 궤짝 근처에는 얼씬거릴 생각 마라."

원님은 판결을 오후에 내릴 것이라 말하고 주인과 머슴을 집으로 잠시 돌려보냈어. 한 식경이 지난 후, 사람들이 판결을 듣기 위해 동헌에 다시 모이자 원님이 말했어.

"자, 판결을 내리기 전에 해야 할 일이 있네. 자네 둘이 번갈아 가며 이 궤짝을 지고 저기 표시해 놓은 모퉁이까지 다녀오게."

원님의 말에 주인과 머슴은 어리둥절했지만 시키는 대로 했지. 먼저 주인이 지게에 궤짝을 지고서 출발했어. 주인은 모퉁이에 다 와 가자 궤짝에다 대고 몰래 속삭였어.

"자네, 생각 잘 해야 하네. 저번에 나랑 약조한 대로 새경을 받았다고 말해야 자네가 평생 팔자를 고치는 거야. 만약 여그서 사실대로 말해 부리면 우린 바로 옥살이야, 알것지?"

몰래 당부를 마친 주인이 도착하자 이번에는 머슴이 궤짝을 지고 출발했어. 머슴 역시 걸어가며 궤짝에다 대고 울먹였어.

"여보게나, 당신이 그럴 줄은 몰랐네. 같이 고생해서 이제나 살림이 나아지나 했는데 불시에 그렇게 마음이 변해 버리면 나는 어쩐단 말인가. 지금이라도 늦지 않았으니 이제라도 사실대로만 말허면 자네를 탓하지 않을 걸세."

머슴이 도착하자 원님은 궤짝 문을 열라고 했어. 그런데 궤짝이 열리자 주인과 머슴은 물론이고 관청에 있던 사람들 모두 깜짝 놀라고 말았어. 그 속에는 머슴의 아내가 아닌 이방이 앉아 있었기 때문이지. 원님이 사람들 몰래 이방과 머슴의 아내를 바꿔치기해 놓은 거였지. 이방은 궤짝 속에서 들었던 이야기를 하나도 빠짐없이 모두 원님에게 전했어. 현명한 원님의 기지로 머슴은 억울함도 풀리고 새경도 받을 수 있게 되었어. 물론 주인과 머슴의 아내는 당연히 벌을 받았겠지? _ 신안군 자은면

4-2. 임금님 머리는 일곱 근 반

옛날 어느 고을에 한 선비 부부가 살고 있었어. 선비의 아내는 절세미인으로 온 고을에 소문이 자자했어. 발 없는 소문은 고을을 넘어 어느새 임금님 귀에까지 들어가게 되었어. 임금님은 절세미인이라는 선비의 아내가 몹시도 탐이 났지. 그래서 그 선비를 잡아들이라 명령했어. 영문도 모르고 잡혀 온 선비에게 임금님은 다짜고짜 이렇게 말했어.

"여봐라, 너는 무조건 나하고 내기를 해야 한다. 알겠느냐? 내기를 해서 니가 지면 니 마누라를 날 주고, 내가 지면 내 너에게 곡식 만 석을 내리겠다."

임금님의 속셈이 무엇인지 선비는 단번에 눈치챘어. 하지만 이틀 후에 무조건 내기를 시작하기로 약속할 수밖에 없었어. 집에 오자마자 식음을 전폐하고 선비가 앓아눕자 아내가 자초지종을 물었어. 그런데 선비의 이야기를 모두 들은 아내는 대수롭지 않다는 듯이 말했지.

"그런 일이 있었소? 허나 사람이 꼭 죽으라는 법만 있겄소. 걱정 마시고 일단 진지나 드소. 그 내기에는 내가 가 보리다."

말리는 선비를 뒤로하고 선비의 아내는 혼자서 임금님을 만나러 궁궐로 갔어.

"그래, 무슨 일로 왔는고?"

"임금님이 내기를 거신 선비의 아내올시다. 지가 대신 임금님과 내기를 하러 왔소."

과연 듣던 대로 아름다운 선비의 아내를 보자 임금님은 더욱 욕심이 나서 내기를 흔쾌히 허락했지.

"자, 그럼 묻는 말에 대답해 보거라. 저 궁궐 건너편 산에는 나무가 몇 그루냐?"

"네, 이백마흔아홉 그루입니다."

망설임 없이 선비의 아내가 대답하자 임금님은 깜짝 놀라서 물었지.

"어째서 이백마흔아홉 그루더냐?"

"보십시오, 저 산 우에는 나무가 백백허게 안 섰소? 백백이면 이백이요. 그라고 그 산 밑에는 나무가 칠칠허게 섰은께 칠칠은 사십구요. 그래서 이백마흔아홉 그루가 되오."

맞다고도 틀렸다고도 할 수 없어 당황한 임금님은 다음 문제를 냈어.

"다음 문제다. 요즘 해가 하루에 몇 리쯤 가느냐?"

"예, 하루에 십 리를 갑니다."

"어째서 십 리를 가느냐?"

"예, 우리 친정에서 시가로 갈라면 꼭 하루가 걸리고 해가 집니다. 그라니 십 리이지요."

이번에도 할 말이 없어지자 약이 오른 임금님은 서둘러 다음 문제를 냈어.

"자, 그럼 저기 보이는 저 연못 물은 잔으로 몇 잔이나 되느냐?"

선비의 아내는 문제를 듣자마자 거침없이 대답했어.

"예, 한 잔입니다."

"어째서 한 잔이냐?"

"보십시오. 저 연못의 둘레가 하나입니다. 둘레가 하나인데 한 잔이라 못할 것이 있습니까?"

임금님은 이번에도 내기에서 지자 무척 화가 났어.

"그렇다면 마지막 문제다. 이 문제를 알아맞히지 못한다면 넌 여기서 살아 나가지 못할 줄 알아라. 자, 내 머리가 몇 근이나 나가는지 말해 보거라."

"예, 일곱 근 반 나갑니다."

"어째서 일곱 근 반이 나가느냐?"

어이없어 하는 임금님에게 선비의 아내가 웃으며 말했어.

"아니라면 이참에 짤라서 저울에 함 달아 봅시다. 하하."

당당하고 기지 있게 대답하는 선비의 아내에게 임금님은 아무 말도 하지 못하고 약속한 대로 곡식 만 석을 내릴 수밖에 없었대. _ 신안군 하의면

4-3. 늙은 어머니의 지혜

옛날 고려장*이 있던 시절에 한 아들과 어머니가 살고 있었어. 어머니는 자신의 나이가 칠십이 넘어가자 아들에게 말했어.

"야야, 이제는 어서 날 고려장 허거라. 아니면 니가 관에 잽혀 간다."

"예예."

아들이 대답만 하고는 고려장을 하지 않자 걱정이 된 어머니는 말했어.

"니가 고려장을 안 허면, 내가 내 발로 시방 걸어 나갈란다."

아들은 하는 수 없이 어머니를 고운 이불에 싸서 깊은 산중에 내려놓았어. 그러고는 밤이 되면 남들 모르게 어머니께 밥을 가

* ①삼국 시대에 후장하던 풍속, ②고구려 때에 노인이나 쇠약한 이를 산속에 버려 두었다가 죽은 후 장사 지내던 일, 여기서는 ②의 뜻.

져다 드렸지.

"야야, 이제는 됐다. 내일부터는 오지 마라잉."

"예예."

이번에도 역시나 대답만 하고서 아들은 계속 밥을 가져다 날랐어.

그러던 어느 날, 밥을 들고 산속에 찾아온 아들이 어머니에게 말했어.

"참 어무이, 요상한 일도 다 있으요. 중국서 우리 나랏님께로 선물이 왔는디, 우아래가 똑같은 큰 나무 뚱글등걸 하나하고, 수천 근은 나갈 쾨코리코끼리 두 마리를 보냈당게요. 그라면서 우리더러 나무 뚱글의 우아래를 알아맞히라 하고, 또 쾨코리의 근수를 알아내라, 또 두 마리의 쾨코리 중에서 누가 에미고 누가 새끼인지도 맞히라고 헌다네요."

"그랴? 천하에 쉬운 걸 가지고 그러는구나. 봐라, 큰 나무 뚱글은 물에 띄우면 절대로 똑같이 가라앉지 않어. 암만 해도 무거운 쪽이 가라앉게 되야 있어. 뜨는 쪽이 우고 가라앉는 쪽이 아래지."

"아, 글치요. 그라믄 쾨코리 근수는요?"

"쾨코리는 우선 배에 태워. 그라고 배가 가라앉는 디다가 표시를 해놓아. 그라고서 그 배에다 돌댕이를 한 댕이 두 댕이씩

넣음시롱 표시해 놓은 데까지 달아 보믄 쾨코리 근수가 나올 것이다."

"아, 그렇네요. 근디 쾨코리 에미랑 새끼는 우찌 구별한다요? 둘이 똑같이 생겼는디."

"고것은 두 놈 앞에다 풀을 가져다 놔 보믄 알지. 먼저 풀에다가 주댕이 대는 놈이 필시 새끼여."

아들은 얼른 임금님께 달려가 이 사실을 고했어. 그러자 정말 모든 문제가 풀려 임금님은 곤란을 면하게 되었지.

"니 덕분이니 내 너에게 큰 상을 내리노라."

임금님이 상을 내리려 하자 아들은 엎드려 울며 임금님께 말했어.

"아니옵니다. 상은 거두시고 저의 죄나 면해 주셔요. 저는 칠십이 넘은 오마니를 깊은 산에다 고려장 해놓고서는 남모르게 밥을 날랐습니다요. 그라고 이 이야그는 울 오마니가 갈차 줘서 알려 드린 것이지 지가 알어서 헌 것이 아닙니다."

아들의 말을 들은 임금님은 당장 고려장을 없앴어. 그리고 효자 아들과 현명한 어머니에게는 큰 상을 내려서 오래오래 함께 잘 살게 했대. _ 승주군 주암면

4-4 근수를 채워야 팔지

어떤 마을에 아들 내외와 어머니가 함께 살고 있었어. 그런데 아들에게는 한 가지 고민이 있었어. 바로 자기 아내와 어머니가 사이가 안 좋아도 너무 안 좋았기 때문이야.

"아이고 여보, 어무이가 오늘도 나를 괴롭히려고 일부러 밥상을 엎었소."

"야, 메느리가 이제는 시방 아예 날 쫓아낼라고 그라는지 밥을 안 준다."

이렇게 매일 서로가 서로의 험담을 하며 아들에게 하소연을 했어. 듣다 못한 아들은 한 가지 꾀를 생각해 냈어. 그러고는 먼저 아내에게 가서 말했어.

"이보게, 요번에 장에 가니 좋은 소식이 있두만. 서울서는 나이 먹은 노인네들을 좋은 값에 사 간다고 허네. 우리도 이참에 어무이를 내다 파는 게 어떻겠소? 내일 어무이 팔러 서울 장에 갈라 하니 여비를 좀 넉넉히 마련해 주소."

며느리는 옳다구나 좋아하며 있는 돈 없는 돈을 모두 모아 남편에게 건넸어. 아들은 어머니에게 가서 말했어.

"어무이, 이제껏 고생만 요로코롬 허셨응께 지랑 서울 구경 좀 하러 가십시다."

집을 떠난 아들은 어머니에게 서울 구경을 시켜드리고 맛난 것도 사 드리면서 가져온 돈을 몽땅 써 버렸어. 그러고는 며칠 후, 어머니를 모시고 다시 집으로 돌아왔어.

돌아온 시어머니를 본 며느리는 깜짝 놀라 남편을 붙잡고 물었어.

"아니, 우찌된 일이당가. 어무이 팔러 간다더니 왜 고대로 돌아왔소?"

"그런 것이 아니네. 내 말 좀 들어 보소. 서울 가니 나만 팔러 온 게 아니고 조선 천지 사람이 다 팔러 왔어. 근디 그냥 사는 게 아니라 근수를 달아서 사는디, 우리 어무이는 근수가 모자라 나가 못 팔고 온 것이네. 어무이 근수를 좀 채워서 다시 가 봐야 쓰것네."

며느리는 그날로부터 맛난 음식이 생기기만 하면 시어머니부터 챙겼어. 시어머니 몸무게를 늘리려고 말이야. 그러자 영문을 모르는 시어머니는 너무 좋아서 온 동네를 돌아다니며 며느리 자랑을 하기 시작했지.

"아이고 동네 사람들아, 우리 메느리는 얼메나 효부인가 몰러. 맛난 것만 있으면 나부텀 챙긴다니께. 우리 메느리는 진짜 효부여."

이 이야기를 들은 동네 사람들은 며느리를 만나기만 하면 모두 효부라고 칭찬을 아끼지 않았어. 그러자 며느리는 이후로 진심으로 시어머니를 위하기 시작했어. 이제 서로를 헐뜯는 일은 옛날이야기가 되고 말았지. _ 화순군 화순읍

4-5. 바지 안 입고 말 탄 영감님

옛날 어느 마을에 영감과 할멈이 딸 하나를 키우다가 시집을 보냈어. 늦게 얻어 애지중지 키운 딸이 떠나 버리고 나니 영감과 할멈은 마음이 너무나 허전했어. 딸이 보고 싶어 견디다 못한 영감이 할멈에게 말했어.

"임자, 도저히 안 되겄네. 내가 사돈집에 함 다녀와야 쓰겄네."

"잘 생각했소. 가서 잘 사는지 어쩌는지 함 보고 오쇼."

"임자, 그란디 사돈네에 입고 갈 마땅한 중우바지가 없소."

"그라먼은 내 꺼를 입고 가소. 우에 두루마기를 걸쳐 입으면 안 보이니께."

영감은 옳다구나 하며 할멈의 바지를 두루마기 안에 입고서 다음 날 아침 일찍 사돈집으로 향했어.

저녁에 사돈집에 도착한 영감은 보고 싶던 딸 얼굴도 보고 푸짐한 저녁상도 대접 받았어. 한밤중이 되자 안사돈은 영감의 잠자리를 안방에다가 마련해 주며 말했어.

"귀한 손님이 오셨응께 안방서 주무셔야지요. 잘 주무시라."

그러고는 호롱불을 붙이고 인사한 후 나갔어. 영감은 그제야 입고 있던 두루마기를 벗어 벽에 걸고, 두루마기 속에 입고 온 할멈의 바지는 편히 벗어서 머리맡에 곱게 개어 두었지.

잠시 후, 안사돈이 영감이 자는 머리맡에다 물그릇을 놓아두려고 안방에 들렀어. 그때 안사돈의 눈에 못 보던 여자 바지 하나가 눈에 들어왔어.

'아이고, 남사스럽게 내가 언제 중우를 저그다 놔두었을까나.'

깜짝 놀란 안사돈은 잠든 영감 머리맡에 놓인 바지를 얼른 움켜쥐고 나왔어.

다음 날, 잠에서 깬 영감은 소스라치게 놀랐지.

'아이고, 머리맡에 둔 우리 할멈 중우가 밤새 어디로 사라졌당가. 귀신 곡헐 노릇이네.'

영감이 이리저리 아무리 살펴도 할멈의 바지는 밤새 온데간데없었어. 영감은 하는 수 없이 바지 없이 두루마기만 얼른 걸치고 세수도 하는 둥 마는 둥하고서 아침상을 받았지. 밥을 먹으면서도 두루마기 앞섶이 벌어질까 봐 영감은 밥이 입으로 들어갔는지 코로 들어갔는지 모를 지경이었어. 급히 상을 물린 영감은 서둘러 떠날 채비를 하고는 사돈 내외에게 말했어.

"안녕히 계시쇼. 대접 잘 받고 갑니다."

"천천히 더 놀다 가셔도 되는디. 그람 정히 가실라믄 우리 집 말을 타고 편히 가시쇼."

영감은 깜짝 놀랐어. 두루마기 하나 걸쳤는데 말에 오르라니 환장할 노릇이었지.

"아이고, 아닙니다. 말은 무슨… 지는 생전 말을 타 본 적도 없소만."

당황한 영감이 둘러댔지만 사돈 내외는 막무가내였어.

"사양 마시오. 말고삐를 잡아 줄 아이도 같이 보낼 테니."

실랑이 끝에 어느새 말이 마당에 도착했어. 이마에 땀을 비 오듯 쏟으며 영감은 두루마기 앞섶이 벌어지지 않게 꼭 움켜쥐고서 조심조심 말 등에 올랐어. 그런데 말 등에 겨우 올랐나 싶던 순간, 갑자기 말이 '히힝' 하고 뛰어오르는 바람에 영감은 그만 마당 한가운데로 발라당 나자빠지고 말았어.

"에그머니나!"

사돈 내외는 물론 마당에 있던 딸 부부도 속바지 없이 두루마기만을 입은 영감의 모습을 보고서는 깜짝 놀라 모두 소리 질렀어. 영감은 눈앞이 캄캄했지만 그 와중에도 속으로 생각했어.

'아이고, 예법도 모르는 상놈 집이라고 앞으로 우리 딸 타박허면 우짤꼬.'

그러나 그 순간 영감은 퍼뜩 떠오르는 게 있었어. 영감은 아무렇지도 않은 듯 옷깃을 여미며 갑자기 점잖은 목소리로 사돈 내외와 딸 부부를 쳐다보며 말했어.

"놀라셨지요들. 실은 올해 어디서 우리 딸 신수를 본께, 내가 사돈집에 가서 요런 우세[창피]를 당해야지만 백년해로하고 잘 산다 하드라우. 그란께 내가 일부러 이런 우세를 안 당허게 생겼소? 이제 사우와 우리 딸은 아주 잘 살 것잉께 모두들 걱정을 마시오."

영감의 말을 들은 사돈 내외와 딸 부부는 그제야 함박웃음을 지으며 집안에 경사가 났다고 아주 좋아라 했대. _ 신안군 장산면

4-6. 참아야 하느니라

대대로 손이 귀한 집안에 아들 하나가 태어났어. 그런데 갓난 아들의 사주를 봤더니 그 아이가 장차 살인을 할 팔자로 나온 거야. 그것도 두 사람이나 죽일 사주라는 거야. 아들을 키우면서도 아이의 사주가 늘 걱정된 아버지는 틈만 나면 아들에게 이렇게 말했어.

"참어라. 아무리 화가 나고 부애부아가 나도 참아라."

그러면 아들은 아버지에게 되물었어.

"어찌게 하는 것이 참는 것이요?"

"별일이라도 참고, 별일이 아니라도 참는 거이다."

세월이 흘러 아버지는 자기가 죽을 날이 멀지 않았다는 것을 알고는 아들을 불렀어. 아버지는 아들에게 참을 인忍 자 두 개가 앞섶에 새겨진 옷을 건네주면서 말했지.

"어뜩케 해서든지 참아야 한다. 어느 때가 되얐든지 화가 나면 이 오지락옷자락을 뜨들어떠들쳐 봐라."

이 말을 남기고 아버지는 그만 세상을 떠났어. 그날 이후 아들은 아버지의 유언을 기억하며 항상 화를 내지 않으려고 노력했지.

어느 날, 아들은 멀리 사는 친구를 만나고 오겠다며 부인에게 이렇게 말했어.

"오늘 저녁에 못 올 것 같으이 대문을 잘 잠그고 주무시오."

오랜만에 만난 친구 집에서 아들은 맛있는 음식과 술상을 대접 받았지. 그렇지만 아들은 아무래도 부인을 혼자 놔두고 온 것이 걱정되었어. 아들은 하룻밤 자고 가라고 붙잡는 친구를 뒤로한 채 밤길을 걸어 집으로 향했어.

그런데 그렇게도 대문을 닫고 자라고 신신당부했건만, 집 대문은 활짝 열려 있었어. 조용히 집 안으로 들어와 자기 방문을 빠끔히 열어 본 아들은 그만 소스라치게 놀라고 말았어. 부인 혼자 잠들어 있어야 할 방에 웬 상투를 튼 머리 하나가 보이는 것이 아니겠어? 아내가 다른 남자와 정분이 난 것이 분명하다고 생각한 아들은 순간 화가 머리끝까지 치밀어 올랐어.

"에이 이것들, 오늘 내 손에 다 디진다."

그러고는 부엌으로 뛰어 들어가 칼을 찾아 들고는 안방으로 돌진했어. 그런데 안방 문을 벌컥 열려고 하던 바로 그 순간, 돌아가신 아버지가 하시던 말씀이 생각났어.

'참아야 한다. 화가 날 때는 오지락을 뜨들어 봐라.'

그러자 신기하게도 아들의 노여움이 어느새 가라앉았어. 노여움을 가라앉힌 아들은 칼을 내던져 버리고 도로 대문 밖으로 나갔어. 그러고는 지금 막 들어오는 사람처럼 헛기침을 하며 인기척을 냈지. 그러자 방 안에서 자고 있던 부인이 깜짝 놀라 뛰어나오며 남편을 맞았어. 그런데 뒤이어 상투머리를 한 채 따라 나오는 사람이 있었어. 놀랍게도 그 사람은 바로 자기의 형수님이었어. 알고 보니 혼자 잠을 잘 동서가 걱정된 형수님이 상투를 틀어 남자 행색을 하고 함께 잠을 잔 거였어. 아버지가 옷섶에 참을 인 자를 새겨 두지 않았더라면 아들은 그 두 사람을 죽일 뻔했지.

"아, 아버지가 한 말씀이 바로 요것인갑다."

아버지의 유언 덕에, 아들은 살인을 저지를 팔자를 고치고 그 후로도 부인과 함께 오래오래 행복하게 살았대. _ 화순군 남면

4-7. 손씨 묘가 박씨 묘 된 사연

옛날에 손씨 성을 가진 딸이 박씨 집안으로 시집을 갔는데, 자식 하나를 낳고는 그만 남편이 죽어 버렸어. 시집은 너무 가난해 제대로 무덤도 세우지 못하고 임시로 흙만 덮어 놨지.

며칠 후 딸은 친정아버지가 돌아가셨다는 전갈을 받았어. 친정에서는 풍수를 불러 묏자리를 고르고 관 들어갈 자리까지 파 놓았어. 그것을 지켜보던 딸은 남편의 묘를 제대로 세우지 못한 것이 내내 맘에 걸렸어. 그러다 한 가지 좋은 꾀를 생각해 냈어. 그러고는 한밤중에 몰래 냇가의 물을 길어다 아버지 묏자리에 잔뜩 부어 두었어.

다음 날 사람들이 아버지의 묏자리에 가 보니, 관 넣을 자리에 물이 잔뜩 고여 있는 거야. 그러자 풍수 보는 이가 말했어.

"이곳이 물이 날 자리가 아닌데 참으로 이상허요. 어서 물을 퍼내고 관을 묻읍시다."

그렇지만 사람들은 '물이 흥건한 데다 아버지를 모실 수 없다'고 하며 다른 곳에 묏자리를 잡았어.

삼우제를 지내고 나자 딸이 오라버니에게 물었어.

"듣자 하니 원래 아버지 묏자리에 물이 차서 다른 데다 자리를 잡았담서요?"

"응, 그랬다."

"그럼 그 자리는 내불[내버릴] 것 아니요?"

"그럼, 바로 내불지."

"내불 것이면 박 서방이나 묻으면 어떨까요? 가진 게 없으니 그냥 흙으로 덮었는데, 자식이 언제 커서 지대로[제대로] 묘를 세울 것이요? 그것이 내 맘에 내내 걸려서라."

"아무케나 해라."

오라버니의 승낙을 받은 딸은 당장에 남편의 묘를 그 자리에 세웠지. 손씨 집안의 딸이 친정아버지 묏자리를 뺏어 박씨 집안의 묘를 세운 것이지. 어찌됐든 그 덕에 박씨 집안은 손자 대에 큰 선생이 났대. _ 보성군 보성읍

4-8. 소년 원님의 명판결

이조 말엽, 전라도 영암 땅에 열여섯에 현감이 된 소년 원님이 있었어. 그 소년 원님은 나이는 어렸지만 뛰어난 판결로 온 나라에 명성이 자자했지. 하루는 그 고을 뒷산에서 사냥꾼 둘이 사슴 사냥을 하고 있었어. 한 사람은 창으로, 또 한 사람은 사냥개로 사냥을 했지. 때마침 사슴 한 마리가 나타나자 한 사람은 사냥개를 풀었고, 다른 한 사람은 창을 겨누었어. 창이 사슴의 몸에 꽂히는 순간, 동시에 개도 사슴의 뒷다리를 물었지. 그러자 두 사냥꾼은 서로 자기가 먼저 사슴을 잡았다고 우겼어. 아무리 티격태격해도 결론이 나지 않자, 두 사냥꾼은 결국 소년 원님에게 찾아가 판결을 부탁했지. 원님이 물었어.

"어떤 송사인고? 내용을 말해 보아라."

"사실이 여차여차 되얐습니다."

소년 원님은 곰곰이 생각하더니 조용히 말했어.

"개가 짐승을 쫓는 것은 그 욕심이 고기에 있고, 사람이 짐승을 쫓는 것은 그 욕심이 가죽에 있다. 그러니 개의 임자는 고기를 취하고 창 임자는 가죽을 취하면 될 것이다!"

소년 원님의 판결에 두 사냥꾼은 고개를 끄덕이며 각자 고기와 가죽을 나눠 가지고 돌아갔어.

하루는 그 마을을 지나던 옹기장수 하나가 옹기 지게를 길가에 세워 놓고 쉬고 있었어. 그런데 갑자기 회오리바람이 일어나더니 지게가 쓰러져 버렸어. 그 바람에 옹기들이 모두 쏟아져 깨지고 말았지. 바람이 그런 걸 어쩌랴 생각하면서도 그 고을 원님이 하도 명판결을 내린다는 소문이 자자하니, 옹기장수는 혹시나 하는 마음에 원님을 찾아갔어.

"아, 원님. 이렇게 쑥소리바람[회오리바람]이 불어 갖고 옹기가 깨져 부렀으니 이걸 어짜면 좋겄소. 어서 가여[어디 가서] 변상을 청구해야 될 일이오?"

"허허, 그러게 말이다."

원님은 가난한 옹기장수의 처지가 딱해 보여 도와줄 방법을 곰곰이 생각했어. 그러곤 이방을 불러 말했어.

"저기 해변에 가서 뱃사공 놈들을 전부 잡아오너라."

영문도 모르고는 뱃사공들이 잡혀 와 무릎을 꿇자 원님이 한 명씩 돌아가면서 물었어.

"너는 어디서 어디로 가려고 했느냐?"

"저는 영암서 배를 타고 좌성으로 갈라고 했습니다."

"예, 저는 오늘 배를 타고 칠산 바다로 갈라 했십니다."

"나는 제주도로 갈라 했십니다."

이야기를 들은 원님이 다시 물었어.

"그럼 어떤 바람이 불어야 너는 좋으냐?"

"지는 동풍이 불어야 됩니다."

"지는 북풍이 불어야 된당께요."

"서풍이 지한텐 제일 좋십니다."

뱃사람들의 이야기를 모두 듣고 난 소년 원님이 호통을 치며 말했어.

"이놈들아, 네놈들이 그러니까 여기서 탈이 난 게야. 너희들이 한곳으로 바람을 빌었다면 한쪽으로만 바람이 불었을 텐데, 각자 동서남북으로 바람을 비니, 용왕님이 누구 편도 들어줄 수 없어 회오리바람이 된 거 아니냐? 그래서 옹기가 깨져 버렸으니 너희들이 옹기 값을 물어 주어라. 너희들은 여럿이니 십시일반으로 모으면 옹기장수 하나 살리는 것이 어렵겠느냐?"

소년 원님의 명판결에 뱃사람들은 크게 웃으며 기꺼이 옹기 값을 물어 줬대. _ 고흥군 점암면

5부

신비한 이야기

5-1. 반남 박씨 조상 묘 터 잡은 이야기

옛날에 나주에 진사 벼슬을 했던 반남 박씨 한 사람이 살고 있었어. 그는 부친이 돌아가시자 묘를 쓸 명당자리를 찾아야 했지. 마침 그 동네에는 이름난 풍수가 한 사람 살고 있었어. 박진사는 풍수를 찾아가 아버지의 묏자리를 부탁했어. 풍수가 명당자리를 찾아보니 그야말로 하늘이 준 묏자리가 하나 나왔어. 하지만 풍수는 새파랗게 질려 버렸어.

'둘도 없는 명당자리지만 그 사실을 알려 주면 내가 죽게 되는구나.'

풍수는 할 수 없이 일곱 걸음 아래쪽을 명당이라고 거짓으로 알려 주었어.

그런데 박진사가 가만히 살펴보니 아무래도 풍수의 행동이 뭔가 어색했어. 그래서 몰래 풍수의 뒤를 좇아가 툇마루 밑에 숨어 풍수 내외가 하는 말을 엿들었어.

"오늘 박진사님 좋은 자리를 잡아 디렀소?"

"응, 자리가 좋기는 하더라고. 근디 그것을 밝히는 사람은 죽는다 그 말이여. 그래서 차마 거기를 짚어 주지 못하고 칠 보 아래로 짚어 줬네. 거그도 괜찮은 자리라."

다음 날, 박진사는 풍수가 정해 준 자리를 마다하고 도로 일곱 걸음 위에 땅을 파기 시작했어. 옆에서 지켜 보던 풍수는 깜짝 놀랐어.

"어째 여기다 자리를 파나 그 말이여. 내가 잡아 준 덴 저 아래짝인데."

풍수가 낯빛이 하얘져서 묻자 박진사는 시치미를 뚝 떼고 대답했지.

"저 아래 자리는 이 담에 내가 갈 것이여. 아버지 묘를 아래에 쓸 수 없으니 욱위에 모시는 거여."

풍수는 사색이 되어 다급하게 말했어.

"땅을 헐어 버렸으니 이젠 어짤 수 없소. 그러나 파더라도 내가 집에 돌아가거던 깊게 파소."

죽음을 직감한 풍수는 객사라도 면하려고 말이 끝나기가 무섭게 집으로 달려갔어.

풍수의 부탁대로 잠시 기다리던 박진사는 '이만하면 풍수가 집으로 돌아갔을 거다' 하며 다시 땅을 깊게 파기 시작했어. 바로 그때 땅속에서 참새만큼 큰 벌이 휙 튀어나오더니 쏜살같이 풍수의 집을 향해 날아가는 거야.

'혹시 풍수가 저 벌에게 쏘이면 우짠다?'

걱정이 된 박진사는 얼른 벌을 뒤쫓았어. 그런데 아니나 다를까 풍수는 집에 돌아가지도 못하고 벌에 쏘여 길가에 죽어 있었어. 풍수의 마지막 부탁을 들어주지 못한 박진사는 안타까운 마음에 그를 위해 성대한 제사를 지내 주었지. 풍수는 죽었지만 하늘이 내려 준 자리에 묘를 세운 덕에 박진사 집안은 대대로 삼정승을 지낼 만큼 명문가가 되었지. _ 고흥군 고흥읍

5-2. 내가 느그 아부지다

그거 알아? 쥐가 천년을 살면 둔갑해서 사람도 되고, 다른 것도 된다는 이야기 말이야. 그런 천년 묵은 쥐 이야기야.

어떤 마을에 아들과 아버지가 둘이 살고 있었어. 어느 날 아들이 들에 나갔다 돌아와 보니 아버지가 둘이 되어 나란히 문 앞에 앉아 있는 것이 아니겠어? 갑자기 아버지가 둘이 되었으니 아들은 깜짝 놀랐지.

"우리 아부지가 한 분인데 어째 저렇게 두 분이 앉아서 저란고."

급히 달려가서는 "아부지?" 하고 부르니,

"왜야."

"왜야."

하고 둘이 똑같이 대답을 하는 거야.

"아, 우리 아부지가 한 분인디 어찌 둘이 앉아서 그렇게 대답을 하요?"

하고 아들이 물으니,

"내가 느그 아부지다."

"내가 느그 아부지다."

둘이 똑같이 또 그러는 것이 아니겠어?

다음 날도 또 그 다음 날도 아들이 나갔다 돌아오면 둘이 나란히 문 앞에 앉아서 아들이 부르면,

"왜야."

"왜야."

하고,

"내가 느그 아부지다."

"내가 느그 아부지다."

똑같이 대답을 하는 거야.

참다 못한 아들은 원님을 찾아가서 판결을 부탁했어. 진짜 아버지를 가려 달라고 말이야. 이야기를 들은 원님은 말했어.

"그렇다면 너의 집으로 돌아가 세간살이에 대해 물어 보거라. 진짜 아버지라면 대답을 잘할 것이고, 가짜라면 대답을 못할 것잉께."

옳거니 한 아들은 얼른 집으로 돌아와 두 아버지에게 세간살

이에 대해 물어보았어.

"아부지?"

"왜야."

"왜야."

"우리 집 부엌에 뭐가 있다요?"

쥐가 둔갑한 아버지는 깍두기가 어디에 있는지, 보리쌀과 깨가 어디에 있는지, 바가지와 숟가락이 몇 개인지 척척 알아맞혔어. 그런데 진짜 아버지는 해주는 밥만 먹고 농사만 짓느라, 무엇이 어디에 있는지 하나도 맞추지 못했어. 결국 진짜 아버지는 하루아침에 자기 집에서 쫓겨나는 신세가 되고 말았지.

쫓겨난 아버지는 방방곡곡을 돌아다니며 온갖 고생을 했지. 그러다 오래된 절에 들어가게 되었어. 그리고 그 절의 대사님에게 자신의 억울한 사연을 하소연했지. 이러저러해서 내가 내 집에서 쫓겨나게 되었다고 말이야. 이야기를 들은 대사는 말했어.

"여기서 머슴살이와 공부를 3년 동안 열심히 하면 네 소원을 들어주마."

어느덧 3년째가 되던 날, 대사는 아버지에게 천년 묵은 고양이 한 마리를 내밀며 말했어.

"이것을 옷소매 속에 몰래 숨겨 넣고 집에 가서 그놈을 만나거라."

천년 묵은 고양이를 소매 속에 넣고서 아버지는 한달음에 집으로 달려왔지. 그러나 집에 들어서는 순간, 주인 행세하던 쥐가 천둥처럼 호령을 하기 시작했어.

"어라, 저놈이 또 왔네? 저놈을 당장 몽둥이로 두들겨 패 내쫓아 버려라."

그러고는 고함을 치고 물건을 내던지며, 야단도 그런 야단이 없었어.

"네 이놈! 네놈이 썩 나가거라."

아버지 역시 이번에는 지지 않고 크게 소리를 지르며 옷소매를 탁 하고 쳤어. 그러자 소매 속에 있던 고양이가 쥐 냄새를 맡고는 번개같이 뛰쳐나왔어. 그러자 가짜 어버지는 벌벌 떨며 다시 쥐로 변해 버렸지. 그 순간 고양이는 쥐의 목덜미를 콱 물었고 쥐는 대자로 뻗어 죽어 버렸어. 그 쥐는 바로 천년 묵은 흰 쥐였지.

놀란 아들은 뒤늦게 아버지를 반갑게 맞이했고, 고생했던 아버지 역시 아들을 안고 엉엉 울었어. _ 해남군 해남읍

5-3. 메뚜기 이마가 왜 벗겨졌게

더운 여름날 개미하고 메뚜기하고 초새물총새가 함께 모여 놀았어. 그러다가 개미가 말했어.

"너무 심심하지 않아? 어디 가서 사냥이나 좀 하자."

그러자 초새가,

"누가 갈래?"

하자 메뚜기가,

"내가 갈란다. 내가 가서 사냥을 해올 테니, 너희들은 여기서 기다려라."

하고는 길가 도랑으로 자신 있게 냅다 뛰어갔지. 그러고는 꼴에 붕어를 잡겠다고 이리 팔딱 저리 팔딱 용을 쓰는 거야. 허나 메뚜기 주제에 제 몸의 몇 배나 되는 붕어를 잡을 수 있겠느냔 말이지.

한참을 기다리던 초새와 개미는,

"와따, 이눔이 어디서 혼자 몰래 묵고 있는 거 아녀?"

하면서 메뚜기를 찾아 개울가로 내려왔어. 그런데 아무리 찾아도 메뚜기란 놈이 보이질 않는 거야. 그때 저쪽 골짜기에서 이상한 소리가 들렸어.

"아이고 나 죽것네, 아이고 나 죽어."

초새가 다가가 살펴보니, 아 글쎄 메뚜기란 놈이 붕어 뱃속에서 고래고래 지르는 고함 소리네. 고만 붕어에게 홀랑 먹혀 버린 거지. 그걸 본 초새가 붕어를 덜컥 찍어 바닥에 얼른 팽개쳤어. 그러고는 주둥이로 붕어의 배를 갈랐지. 그러자 붕어 뱃속에서 메뚜기가 폴짝 뛰어나왔어.

"와따, 참말로 죽을 뻔 했네. 그치만 내가 잡아먹힌 것이 아니여. 붕어란 놈을 내가 짊어진 것이여. 그란데 너무 무거워서 내가 가지고 오질 못했네그려."

간신히 살아 나온 주제에 뻔뻔스럽게 이마를 손바닥으로 빗어 넘기며 이렇게 말하는 거야. 이때 그만 메뚜기 이마가 벗겨졌다지 아마? 그리고 개미는 이 상황이 너무 웃겨서 깔깔거리고 웃다가 그만 허리가 잘록해져 버렸지. 한편 초새는 메뚜기를 꺼내 준 걸 후회하며 제 주둥이를 쪽쪽 훑다가 그만 주둥이가 길어져 버렸어. _ 해남군 해남읍

5-4. 구경도 좀 하고 살아야

집안일밖에 모르던 어떤 어머니가 있었어. 어머니는 새벽부터 해질녘까지 집 안에서 길쌈만 하면서도 자신이 입던 옷이 다 낡아 해어지는 것은 몰랐지. 그렇게 억척같이 집안 살림하고 자식 챙기느라 바깥 구경은 당연히 제대로 해본 적도 없었어. 세월이 흘러 어느덧 어머니는 세상을 떠났어.

저승에 당도하니 염라대왕이 어머니에게 물었어.

"너는 세상 살며 어디 어디를 구경해 보았느냐?"

"저는 어디 구경이란 것은 해본 적이 없지라. 길쌈해서 자식 먹여 살리려고 용만 쓰다가 그만 이리로 왔는디요."

답답하고 안타깝게 여긴 염라대왕은 말했어.

"살면서 세상 구경 한번 제대로 못했으니, 너는 구렁이가 되어서라도 세상 구경을 하고 돌아오너라."

염라대왕은 어머니에게 구렁이 허물을 씌워 이승으로 돌려 보내 줬어.

한편, 어머니가 구렁이가 된 줄 꿈에도 모르는 아들은 어느 날 마당 뒤꼍에 나갔다가 깜짝 놀랐어. 망태기 안에 구렁이 한 마리가 갑자기 고개를 쑥 내미는 것이 아니겠어. 당황한 아들은 얼른 뜨거운 물을 가져다가 구렁이 머리 위에다가 확 부어 버렸어. 구렁이가 된 엄마는 일단 도망갈밖에.

그날 밤, 아들이 자는데 꿈속에 돌아가신 어머니가 나타나서 말했어.

"아야, 내는 니 하나 위해 등골 빠지게 베만 짜다가 저승에 갔지 않았냐. 근디 염라대왕님이 세상 구경 더 하고 오라고 날 구렁이로 만들어서 다시 보내 주셨다. 근디 니가 에미도 못 알아보고 뜨거운 물을 이마에 들이부어서, 시방 내 머리빡이 홀라당 벗겨져 부렸다."

너무나 선명한 꿈에 놀라서 잠이 깬 아들은 얼른 뒤꼍으로 달려가 보았지. 그러자 어제 본 그 구렁이가 정말 머리가 홀랑 벗겨진 채로 망태기 안에서 이쪽을 쳐다보고 있는 게 아니겠어.

"아이고 아이고, 이것이 진짜 우리 어메구나."

아들은 엉엉 울며 장에 나가 고운 베를 떠다가 바구니 밑에 깔았어. 거기에 구렁이가 된 어머니를 고이 모셨지. 그러고는 그

바구니를 들쳐업고 세상 구경을 떠났어. 전라도, 경상도, 충청도 할 것 없이 발길 닿는 대로 말이야. 그렇게 몇 달을 다니던 어느 날, 아들의 꿈에 다시 어머니가 나타났어.

"아야, 니가 나를 데리고 세상 구경을 이리도 잘 시켜 줘서, 나는 이제 원없이 떠날란다. 이제 그만 갈란다."

아들이 깜짝 놀라 잠에서 깨어 바구니 안을 살펴보니 구렁이는 이미 사라지고 없었어. 살아 생전 세상 구경 한번 제대로 못해 본 어머니는 구렁이가 되어서야 아들 등에 업혀 세상 구경 실컷 하고 저승으로 간 거지. _ 해남군 산이면

5-5. 이긴 놈이 떡 먹자

옛날 옛적에 두꺼비랑 여우랑 토끼가 길을 가다가 떡 한 덩이를 주웠어. 그런데 떡을 나눠 먹기 싫은 여우가 둘에게 내기를 제안했어.

"야, 우리 중에 제일로 술 못허는 놈이 떡 다 묵기로 허자."

"그러자."

"그러자."

여우가 먼저 이야기를 시작했어.

"야, 나는 밀밭 근처에만 가도 술이 취하드라."

"그렇냐? 나는 십 리 밖에 술집이 있어도 취하드라."

여우와 토끼의 이야기를 모두 들은 두꺼비가 갑자기 몸을 흔들흔들하며 말했어.

"야야, 나는 시방 느그들 이야그만 듣고도 술이 취한다야."

여우와 토끼는 할 말이 없었어. 여우는 두꺼비에게 진 게 분해서 얼른 다시 내기를 제안했어.

"새로 문제를 내자. 우리 중에 젤로 키 큰 놈이 묵기로 허자."

"그러자."

여우가 먼저 키 자랑을 시작했지.

"나는야 이 산에서 저 건너 산을 짚고 저그 너메를 넘어다 본다."

"그래 부렸냐? 나는 저 공중에 구름을 손으로 만친다만진다."

"허허 느그는 그렀냐? 저그 저 공중에 꺼먼 구름에 소나기 내리는 게 바로 내 오줌이다."

키 자랑에서도 두꺼비한테 지자 이번에는 부아가 난 토끼가 다시 내기를 제안했어.

"야, 다 치우고 고마 우리 중에 젤로 나이 많은 놈이 멕기로 하자."

"그러자."

"나는 태고 시절에 났다."

"나는 단군 시절에 태어났다."

그런데 둘의 이야기를 모두 들은 두꺼비가 갑자기 눈물을 줄줄 흘리기 시작했어.

"야, 두꺼바 갑자기 와 그라냐? 떡 못 묵게 될까 봐 그라냐?"

"아녀, 고것이 아니라 내가 자식을 두었었는디, 큰 자식은 단군 때 죽어 불고, 작은 자식은 태고 때 죽어 부려서 시방 생각이 나서 그라지."

엉엉 우는 두꺼비를 보고 여우와 토끼는 떡을 던져 주며 동시에 외쳤지.

"옜다, 이눔아 니나 실컷 묵거라."

두꺼비는 떡을 혼자서 배불리 먹더니 여우에게 갑자기 이렇게 부탁했어.

"야야, 내가 배가 불러 꼼짝도 못 허것다. 날 좀 업어다오."

여우는 옳거니 하며 두꺼비를 업고 밤송이 밭으로 달려갔어. 그러고는 두꺼비를 밤송이 위에 탁 내던져 버렸지. 그 이후로 두꺼비 등은 가시에 찔려 지금처럼 우툴두툴하게 되었대. _ 승주군 주암면

5-6. 허물 벗은 정승 아들

옛날 어떤 마을에 허정승이 살고 있었어. 그에게는 아들이 하나 있는데, 구렁이의 몸을 하고 있었어. 정승 벼슬을 하고 있으니 내로라하는 양반집에서는 서로 사돈을 맺으려고 난리였지. 하지만 아들이 구렁이라는 사실을 알릴 수도 없고, 그렇다고 하나 있는 아들을 장가보내지 않을 수도 없어 허정승은 걱정이 이만저만이 아니었어.

그때 마침 가세가 기울어진 허정승의 친구가 자신의 아들을 양자로 좀 받아 달라고 부탁을 해왔어. 허정승은 구렁이 아들을 대신할 요량으로 친구의 부탁을 흔쾌히 들어주었어. 그러고는 서둘러 혼처를 정하고 혼인 날짜를 받았지.

어느 날, 허정승은 친구 아들을 불러 말했어.

"우리 아들이 다음 달 며칠에 혼인을 하게 되야. 니가 우리 아들을 대신해 신부 좀 맞아 주면 좋겠다."

친구 아들은 어리둥절했지만 그렇게 하겠다고 대답했지.

첫날밤, 신랑은 허정승의 부탁으로 혼인은 했지만 자신이 가짜 신랑이라는 것을 알릴 수가 없어 고개를 숙인 채 꼼짝도 하지 않았어. 그렇게 며칠을 보내자 마침내 신부는 은장도를 뽑아 자기 가슴을 겨누고 신랑에게 말했어.

"밤마다 이렇게 소박을 맞히시니 지가 살아서 무엇 하것습니까. 허지만 이유라도 알고 죽어야 것소."

깜짝 놀란 신랑은 할 수 없이 모든 사실을 말하고 말았어.

그길로 신부는 허정승을 찾아가 구렁이 신랑을 만나게 해달라고 말했어.

"아버님, 었찌크나 머시 되었거나 본래 신랑을 한번 보아야 하겄습니다."

허정승은 어쩔 도리가 없어 며느리에게 구렁이 아들을 보여줬어. 깜짝 놀란 며느리는 본래 신랑이 구렁이라는 사실도 괴로웠지만 자신이 다른 남자와 혼인을 올리게 된 것이 더 수치스러웠지.

그날 밤 며느리는 독약을 탄 사발을 들고 구렁이 남편 앞에 가서 큰절을 올렸어.

"제가 서방님을 두고 다른 남자와 혼인을 했으니 이런 몸으로 어찌 살 수 있겠습니까. 마지막으로 하직 인사 드립니다."

그 순간 구렁이는 신부 앞에 놓인 약사발에 달려들더니 그 독약을 모두 마셔 버렸어. 그러자마자 갑자기 구렁이의 몸에서 허물이 벗겨지더니 옥같이 아름다운 남자가 나타났어. 실은 허정승의 아들은 어렸을 때 알 수 없는 저주에 걸려 구렁이의 몸이 되었으나 독약 덕분에 본디 자신의 몸을 되찾게 된 거야. 자신의 몸을 되찾은 허정승의 아들은 신부와 함께 애틋하게 잘 살았대.

_ 진도군 지산면

5-7. 복을 주려면 석순이 복을

옛날 어느 마을에 석순이라는 사내가 살았어. 석순이 집안은 너무 가난해서 끼니를 잇기도 힘들었어. 석순이는 가난을 면하려면 무슨 일이든 해야 한다는 생각이 들어 길을 떠났어. 하루는 날이 저물어 묵어갈 곳을 찾다가 대궐같이 큰 기와집을 발견했어. 그 기와집에는 여자아이가 혼자 살고 있었어. 그런데 하룻밤 재워 달라는 석순이의 부탁을 대번에 거절하는 거야.

"하룻밤도 안 재워 준다니 엇째 인심이 이라냐?"

그러자 여자아이가 한숨을 쉬며 대답했어.

"우리 집은 부모님과 함께 모두 열두 식구가 살았소. 하지만 1년 전부터 달마다 도깨비가 찾아와서는 식구들 목숨을 차례로 빼앗아 가 분 거요. 올 저녁이 내가 그 마지막이오."

석순이는 여자아이를 돕기로 결심했어. 그러고는 커다란 담

뱃대를 만들었어. 나무 절구통 아래에 구멍을 뚫고 거기에는 굵고 긴 대나무를 박았지. 그런 다음 대나무 끝을 안방까지 들어가게 하고 절구통에 땔감을 채워 넣고 불을 붙였어. 그것은 영락없이 큰 곰방대처럼 보였지. 석순이는 그렇게 해놓고 도깨비들을 기다렸어.

한밤중이 되자 험상궂게 생긴 도깨비들이 집 안으로 들어왔어. 도깨비는 깜짝 놀랐어. 어떤 못 보던 놈이 커다란 곰방대를 놓고 겁도 없이 빠끔빠끔 피우고 있으니 말이야. 석순이는 이때다 싶어서 방문을 벌컥 열고 고함을 쳤어.

"네 이놈 여기는 어짠 일이냐."

그렇지 않아도 겁을 먹었던 도깨비들은 그 자리에 펄썩 주저앉아 입을 달달 떨며 말했어.

"실은 저희들은 이 집 5대조 때부터 여그서 산 금덩어리들입니다. 저희가 이 집 처마 밑에 묻힌 지가 벌써 5대째입니다. 그래서 하도 까깝해서갑갑해서 바람을 좀 쐬어 달라고 부탁하러 왔습니다. 그란디 우릴 보기만 하면 모두 놀라서 그냥 기절해 죽어버렸습니다. 오늘도 마지막으로 부탁 한번 해볼라고 온 것입니다. 다행히 선생이 계시니 우리 소원을 들어주면 좋겠습니다."

"알았다. 이제 내가 사연을 알았으니 내일 느그 소원을 들어줄 터잉께."

그러자 도깨비들은 순식간에 사라져 버렸어.

다음 날 아침, 석순이는 도깨비들이 말한 대로 처마 밑을 파 보았어. 그랬더니 정말로 금덩어리가 가득 묻혀 있었지. 금덩어리를 찾게 된 석순이와 여자는 혼인하고 대궐 같은 기와집에서 함께 살게 되었어. 그래서 훗날 사람들이 복을 빌 때 '복을 주려면 석순이 가진 복을 달라'고 빌게 됐대._ 진도군 의신면

5-8. 말이나 한번 해보지

옛날 어떤 마을에 주막을 하는 사람이 있었는데, 주막 주인에게는 얼굴이 아주 예쁜 딸이 하나 있었어. 그래서 동네 여기저기서 청혼 이야기가 자주 들어왔지. 하루는 전쟁에서 큰 공을 거둔 강감찬 장군이 이 마을을 지나게 됐어. 딸은 문을 빼꼼히 열고 강감찬 장군이 지나는 것을 엿봤지. 그런데 강감찬 장군을 본 순간 마음을 빼앗겼어. 그날부터 딸은 강감찬을 사무치게 그리워했지. 하지만 강감찬은 나라의 공을 세운 장군이니 감히 좋아하는 티를 낼 수도 없고, 그의 부모도 딸의 마음을 알지만 감히 내색을 할 수 없었지.

상사병이 깊어진 딸은 결국 앓아 누웠다가 그만 죽고 말았어. 죽은 뒤 딸은 큰 구렁이가 되었어. 그러고는 자기 방 한가운데 똬리를 틀고 앉아 밖으로 나가지를 않는 거야. 딸이 죽은 것도 안타까운 데다가 저승에도 가지 못하고 구렁이가 된 것을 알게 된 주막 주인은 딸이 너무 불쌍했어. 그래서 수소문 끝에 강감찬 장군을 찾아가 사연을 말했어. 그러자 강감찬 장군이 말했어.

"허허 그랬으믄 진짓진작 이액을 하지, 왜 안 했던고?"

그러고는 주막에 찾아와 딸 방의 문을 벌컥 열었지. 거기에는 큰 구렁이가 긴 혀를 널름거리며 앉아 있었어. 강감찬 장군은 머뭇거리지 않고 방으로 들어가 구렁이 목을 양팔로 꽉 안고 부드럽게 말했어.

"진짓 말이나 한번 해보지, 죽어 부렀냐?"

그러자 구렁이가 거짓말처럼 사라져 버렸어. 대신 그 자리엔 죽은 주막집 딸이 누워 있었지. 강감찬 장군이 한번 보듬어 안으니 딸의 원한이 순식간에 풀어진 거야. 주막 주인과 강감찬 장군은 성대하게 제사를 지내 딸의 명복을 빌어 주었어. _ 고흥군 점암면

6부

인연은 다 따로 있는 거야

6-1. 아버니, 엊저녁 방이 어쩝드요

어느 마을에 효부 며느리가 홀시아버지를 모시고 살았어. 그런데 이 시아버지는 며느리가 방안에 불을 아무리 때도 항상 춥다고 불평을 하셨대.

"아버니아버지, 방 어땠소, 차시오?"

아침에 며느리가 물으면 시아버지는 시큰둥하게 말했어.

"당췌당최 춰서 한잠을 못 잤다."

며느리는 다음 날 나무를 더 많이 넣어 불을 때고는 시아버지께 또 물었지.

"아버니, 엊저녁 방이 어쩝드요?"

"에취, 당췌 추워서 밤새 한숨도 못 잤다."

며느리가 몰래 방에 가서 보면 방구들이 뜨거워서 시아버지는 시렁 위에 올라가 앉아 있으면서도 대답은 이렇게 하는 거야.

또, 아무리 반찬을 정성껏 만들어도 먹을 것이 없다며 밥상을 물리기가 일쑤였어.

"아버니, 찬이 어쩝드요?"

"먹을 찬이 없어 한술도 못 떴다."

늘 이런 식이었어.

옛말에 홀시아버지를 모시는 것은 '굽 나막신을 신고 벼랑 올라가는 것보다 힘들다'고는 했지만, 며느리는 더 이상 참을 수가 없었어. 결국 며느리는 남편과 이런저런 상의 끝에 시어머니를 들이기로 했어. 홀시아버지는 새장가를 가게 된 거지.

시어머니를 모신 첫날 저녁, 며느리는 그만 깜박 잊고 시아버지 방에 불을 때지 않았어.

다음 날 아침, 밥상을 들이면서 며느리가 걱정스레 시아버지에게 물었지.

"아버니, 엊저녁에 방이 차서 어떻게 주무셨대요?"

그러자 시아버지는 아주 천연덕스럽게 말했어.

"아니다. 따숩게 아주 잘 잤다."

"아버니, 그럼 아침 찬은 어떻소? 드실 만한 게 있소?"

며느리가 또 묻자, 시아버지는 밥상은 쳐다보지도 않고 웃으며 이렇게 말했지.

"아주 진수성찬이로구나." _ 화순군 도곡면

6-2. 소금장시 덕분에

옛날 전라도 신안의 한 마을에 소금장수가 살았어. 당시 소금장수는 아주 천한 신분이었지. 소금장수에게는 아들이 하나 있었는데 그는 아들에게 공부를 열심히 가르쳤어. 소금 파는 일을 물려주고 싶지 않았기 때문이야.

드디어 소금장수 아들이 과거를 보러 한양으로 올라가게 되었지. 하루는 허름한 주막에 묵게 되었는데, 용한 점쟁이와 한방을 쓰게 되었어. 점쟁이는 아들을 보더니 점을 쳐 주었어.

"당신은 오늘 저그 김대감 집에 숨어 있으면 복이 들어오것네."

아들은 점쟁이의 말대로 김대감 집으로 몰래 숨어들었어. 마침 그곳은 김대감의 딸이 머무는 곳이었어. 딸은 글공부에 한창이었지. 김대감은 딸의 공부하는 모습을 보고 한탄했어.

"아들이었으면 급제도 할 것을… 쯧쯧쯧."

아버지의 말을 듣고 있던 딸은 한숨을 쉬고는 글을 썼던 종이를 마당에 던지고 방으로 들어가 버렸어. 숨어 있던 소금장수 아들은 딸이 던진 종이를 주워 들고 대감 집을 빠져나왔지.

며칠 후 과거시험을 보러 간 아들은 깜짝 놀랐어. 김대감 집 딸이 썼던 글이 그대로 시제로 출제되었기 때문이야. 소금장수 아들은 장원 급제를 했지. 그러자 평소 장원 급제한 사위를 얻고 싶었던 김대감은 소금장수 아들을 당장 사위로 삼았어. 천한 소금장수의 아들인 줄은 까맣게 모르고서 말이야.

한편 소금장수는 귀하게 된 아들을 꼭 한번 만나 보고 싶었어. 그래서 아들을 찾아 한양으로 올라왔어. 며느리가 장만한 산해진미를 안주 삼아 사돈과 함께 술을 마셨지. 그런데 술이 몇 잔 돌아가자 소금장수는 그만 이제껏 숨겨 왔던 자기 신분을 말하고 말았어.

"자석은 꼭 갈쳐야 혀라. 소금을 팔고 팔아서 자석을 갈쳤더이 요렇게 되야 부렀당게요."

김대감은 이 말을 듣고 노발대발했어.

"이런 나쁜 놈, 감히 천한 소금장시 주제에 나를 속이다니."

김대감은 사위에게 당장 짐을 싸들고 나가라고 고함을 쳤어. 그러나 딸은 이 사실을 알고도 오히려 담담하게 말했어.

“아부지, 그럼 내도 서방님을 따라갈라요. 근디 가디라도 아부지께 내일 아침상은 차려디리고 갈랍니다.”

다음 날 아침, 딸은 정성껏 아침상을 차렸어. 그런데 대감은 국을 한 술 뜨더니 갑자기 숟가락을 집어 던지며 소리쳤어.

“어이쿠 이게 뭣이냐. 당초 싱거와서 못 묵겠다.”

그러자 딸이 조용히 아버지 앞에 무릎을 꿇으며 말했어.

“아부이, 왜 소금장시 자석이라고 함부러 하요? 소금장시가 있기 땜시 우리가 간을 맞춰 묵고 사는 것이 아니것소.”

대감은 당차고 현명한 딸 앞에서 꿀 먹은 벙어리처럼 아무 말도 못했대. _ 화순군 이양면

6-3. 이것은 참말이요, 거짓말이요?

옛날 어떤 마을에 부잣집 영감이 살았어. 영감한테는 애지중지 키운 외동딸이 있었지. 딸이 시집갈 나이가 되자 이곳저곳에서 혼담이 들어왔어. 영감은 딸을 시집보내고 싶지 않았지만 거절할 만한 마땅한 핑계가 없었어. 그래서 방방곡곡에 소문을 냈지.

"누구든지 거짓말 석 자리세 가지를 잘하는 놈이 있으면 내 딸을 주겠다."

날이면 날마다 총각들이 사위가 되겠다고 찾아왔어. 그런데 이 영감 하는 짓이 아주 이상했어. 거짓말 내기가 시작되면 두번째까지는 "거짓말이다" "그것은 거짓말이다" 하고 맞장구를 치지만, 마지막에는 참말이건 거짓말이건 상관없이 무조건, "에잇, 그것은 참말이다" 해버리는 거야.

구름같이 몰려들었던 사윗감들은 모두 퇴짜를 맞았지.

며칠 뒤에 한 젊은이가 찾아왔어.

"지가 오늘 사위가 되려고 찾아왔습니다."

"그래, 그럼 한번 들어 보자."

젊은이는 첫번째 이야기를 시작했지.

"지가 박을 한 통 심어 정성을 다해 가꿨소. 근디 이 박이 얼마나 크게 열었든지 그만 집이 팍 쓰러져 버렸다요. 그래서 그 눔을 따 가지고 두른박조롱박을 만들고 그 안에다가 동지섣달 설한풍을 잡아넣어 구멍을 콱 막아 뒀지요. 그러고는 이듬해 여름, 서울로 가지고 와 종로 네거리에 내다놓고 그 바람을 빼서 팔지 않았것소? 그렇게 한 냥어치도 팔고, 두 냥어치도 팔아 수백 냥을 벌어 버렸단 말이요. 그것이 참말이요, 거짓말이요?"

"예끼 이놈, 다 거짓말이다."

"그럼 한 자리 했습니다."

이번엔 두번째 거짓말을 시작했지.

"지가 길을 가는데 어느 마을에 앞에 큰 장승이 서 있습디다. 그런데 그 장승 콧바우 몬댕이콧잔등 위에 복성복숭아나무 한 그루가 서 있지 않것소? 지가 복성이 너무 먹고 싶은 거라. 그래서 막대기로 장승 콧구녕을 푹 쑤신게 장승이 '엣차' 하고 재채기를 하는 거요. 그 바람에 복성이 떨어져 고것을 딱 주워 먹었단 말이요. 이것이 거짓말이요, 참말이요?"

"아, 장승이 어디 재채기를 한다냐. 거짓말이다."

"자, 그럼 두 자리 했습니다."

이제 거짓말은 한 가지가 남았지. 영감은 뭐가 됐든지 참말이라고 할 생각으로 젊은이 입만 쳐다봤지. 그런데 젊은이는 이야기는 시작하지 않고 주머니에 손을 넣고 부스럭거리더니, 종이 한 장을 불쑥 내밀었어. 거기에는 영감이 모월 모시에 젊은이한테 수백 냥을 빌렸다는 내용이 적혀 있었어. 영감은 기가 막혔지. 이걸 거짓말이라고 하자니 딸을 주게 생겼고, 참말이라고 하자니 재산이 넘어가게 생긴 거야. 이러지도 못하고 저러지도 못하고, 옴짝달싹 못하게 된 영감은 할 수 없이 "그려, 니가 내 사우감이다" 하고 딸을 줘 버리고 말았대. _ 보성군 보성읍

6-4. 효험이 빠른 명당자리

옛날에 풍수를 잘 보는 도승이 있었어. 한번은 산천 구경을 하며 남쪽으로 내려가던 길이었어. 해질 무렵 무심코 한쪽을 바라보다 그야말로 좋은 묏자리를 하나 발견했어. 그 자리는 묘를 쓰자마자 만석 거부의 복이 들어올 자리였지. 도승은 혼자 탄성을 질렀어.

"누가 여기 묻힐 것인고? 여기 묘를 쓰면 만석 부자는 당연지사인데."

그러고는 가던 길을 재촉했지.

날이 저물어 도승은 산 아래 작은 오두막집에서 신세를 지기로 했어.

"주인 양반, 주인 양반."

도승이 부르자 집 안에서 노파 한 사람이 나왔어.

"하룻밤 묵어갈 수 있겠습니까?"

"말씀은 좋지마는 보시다시피 벤벤히 대접헐 것이 없습니다."

"그저 물만 먹고 자도 좋습니다."

노파는 도승을 집 안으로 들어오게 하여 풀죽이나마 정성껏 대접했어. 이른 새벽, 잠에서 깬 도사가 밖을 내다보니 노파가 부뚜막 옆에 정화수를 떠놓고 무언가 간절히 빌고 있었어.

"노인장, 무엇을 그리 간절히 비십니까?"

"불쌍한 우리 남편 좋은 묏자리 하나 만나게 해줍소사, 그렇게 빌고 있습니다."

도사는 마침 전날 발견했던 명당자리가 생각났어.

"내가 어제 오다가 자리를 하나 본 것이 있는데, 그것이 바로 이 집 영감님 자리가 될 모양이요."

"무신 자릴 봐 놨단 말씀이요?"

"만석 부자가 될 수 있을 뿐 아니라 그 발복운이 트여서 복이 닥친다는 뜻도 빠른 자리입니다."

"아이고 하늘이 도와서 대사님이 우리 집에 오셨십니다. 제발 덕분에 날 새믄 그 자리 좀 겔차 주시오."

"아무 날 아무 시에 그 자리에 묘를 쓰도록 하십시오."

도사가 떠나자 노파는 마을 부잣집에서 새경살이머슴살이를 하고 있는 아들을 불렀지. 그러고는 도승이 일러 준 대로 남편의 묘를 세웠어.

한편 아들은 아버지의 묘를 세운 후 새경을 살던 집으로 다시 돌아갔어. 그런데 아들이 다른 머슴들과 함께 막 잠자리에 들었을 때였어. 밖에서 누군가 자기 이름을 부르는 소리가 들렸어. 아들이 밖으로 나가 보니 주인집 과부가 조용히 따라오라고 손짓을 하는 거야. 과부는 아들의 손을 잡아끌고 안방으로 들어갔어. 아들은 겁먹은 얼굴로 물었어.

"아이 와 이라시오? 무슨 일이시오?"

주인집 과부는 총각의 눈을 똑바로 바라보며 말했어.

"내가 당신 아시다시피 만석 거부여. 그란디 남편 죽은 지가 벌써 5년이라. 기어코 이를 악물고 혼자 살라고 결심을 했는디, 그간 이녁그대을 보니 내외간 정이 그리워졌소. 우리 오늘 밤부터 정을 맺고 같이 살믄 어짜요?"

아들은 과부와 부부 인연을 맺고 만석 거부의 남편이 되었어. 묘를 세운 바로 그날로 발복이 되다니, 그야말로 천하의 명당자리가 아니고 뭐겠어. _ 고흥군 점암면

6-5. 오늘 밤만 밤이라요

어떤 마을에 구두쇠 영감이 살았어. 동네 노인들은 구두쇠 영감의 인색함이 괘씸해서 입버릇처럼 늘 이렇게 말했지.

"딸 시집갈 때 함 보자고."

드디어 구두쇠 영감의 딸이 시집을 가게 됐어. 말을 탄 신랑이 가마를 끌며 마을 어귀로 들어섰지. 그러자 동네 노인 중 한 사람이 신랑 귀에 들어가라고 일부러 큰 소리로 말했어.

"아이고, 서방이 참 이쁘네이. 각시는 빡빡 얽근 괴색이라 한 번 보면 두 번 쳐다볼 맴이 싹 가시는디, 아깝네 아까워."

지나가던 젊은 신랑이 그 말을 못 들었을 리가 없지. 신랑은 하늘을 쳐다보며 탄식했어.

"아, 대차 얼매나 빡빡 얽근 괴색이면 한 번 보고는 두 번 쳐다볼 머시기가 없다고 했을까."

구두쇠 영감 집에 도착한 신랑은 대문 안으로 들어가 인사는 했지만 색시 얼굴은 쳐다보지도 않았어.

드디어 신방이 차려지고 신랑 신부는 병풍을 사이에 두고 앉았어. 신랑은 색시의 못생긴 얼굴을 보고 싶지 않아서 고개를 숙인 채 앉아만 있다가 그만 잠이 들고 말았지. 그런데 어디선가 어슴푸레하게 노랫소리가 들리는 거야. 색시가 건너편에서 부르는 노래였어.

"어제 오신 저 신랑은 잠만 자러 오셨는가. 한삼 소매 반만 들고 날 좀 보라."

퍼뜩 잠이 깬 신랑은 그제야 병풍을 걷고 색시 얼굴을 쳐다봤지. 그런데 박색이라던 색시의 얼굴은 그야말로 절세미인이었어. 신랑은 좋아서 어쩔 줄 몰랐지. 문밖은 벌써 어둠이 가시기 시작했어. 신랑은 그제야 색시를 안고 아쉬워하며 노래했지.

"닭아 닭아 울지 마라, 날아 날아 새지 마라."

그러자 색시가 화답하며 노래했어.

"오늘 밤만 밤이라요, 내일 밤도 밤이라네."

동네 인심을 잃은 구두쇠 아버지 때문에 하마터면 첫날밤도 못 치를 뻔한 색시는 그 후로 신랑과 오래오래 잘 살았대. _ 보성군 득량면

6-6. 수탉이 된 나무꾼

옛날 한 나무꾼 총각이 홀어머니를 모시고 살고 있었어. 어느 날 총각이 나무를 하고 있는데 갑자기 사슴 한 마리가 뛰어오더니 다급하게 말했어.

"날 좀 살려 주시오."

총각은 급한 대로 나뭇짐 속에 사슴을 숨겨 주었어. 잠시 후 포수가 뛰어와서 총각에게 물었지.

"이짝으로 사슴이 가는 거 못 봤소?"

"저기로 가더이다."

총각은 반대쪽을 가리키며 말했어. 포수가 가고 나자 사슴은 나뭇짐 속에서 나와 말했어.

"살려 줘서 고맙소. 보답으로 뭣 하나 알려 주겠소. 저쪽 산골짝으로 가면 선녀들이 내려와서 목욕을 하고 있을 거요. 그러면

몰래 선녀 옷 하나를 감추어 두시오. 그런데 꼭 명심할 것은 아들 삼형제를 낳기 전에는 그 옷을 절대 내주면 안 됩니다."

총각은 사슴이 말했던 산골짜기를 찾아가 선녀들이 벗어 놓은 옷 중 하나를 숨기고는 바위 뒤에 숨어 지켜봤어. 옷을 찾지 못한 선녀 하나가 하늘로 올라가지 못하자, 총각은 자신이 옷을 숨겼다는 것을 감춘 채 선녀를 집으로 데리고 왔지. 그러고는 아들 둘을 낳고 행복하게 살았어.

그러나 선녀는 자기가 살던 하늘나라를 그리워하며 한숨 쉬는 날이 많았어. 그것을 지켜보던 나무꾼은 안타까운 마음에 사슴의 충고를 잊고 그만 옷을 내주고 말았어. 옷을 되찾은 선녀는 한 팔에 한 명씩 아들을 안고 하늘로 올라가 버렸어. 하루아침에 홀아비가 되어 버린 나무꾼은 선녀와 아이들을 그리워하며 매일같이 눈물을 흘렸어. 하늘에서 그 모습을 지켜보던 선녀는 남편에게 두레박을 내려보냈어. 하늘로 올라간 나무꾼은 다시 선녀와 아이들을 만나 행복하게 살았어.

하늘에서 부인과 함께 살게 된 나무꾼은 땅에서 온 사람이라는 이유로 선녀의 오빠들에게 따돌림을 당했어. 어느 날 선녀의 오빠들은 나무꾼을 골려 줄 생각으로 장기를 두자고 했어. 그러자 선녀는 금빛 파리 한 마리를 나무꾼에게 주며 말했어.

"이 파리가 웽~ 하고 날아서 앉는 데로 말을 옮기세요."

파리를 따라 장기를 둔 나무꾼은 선녀의 오빠들을 이길 수 있었어. 그러자 오빠들이 말했어.

"내일은 숨바꼭질을 하자."

이번에도 선녀는 웃으면서 이길 방도를 알려 주었어.

다음 날, 나무꾼은 술래가 되어 오빠들을 찾아다녔어. 그런데 아무 데도 사람은 보이지 않고 안마당에 큰 닭 두 마리만 모이를 쪼고 있는 거야. 나무꾼은 선녀가 알려 준 대로 큰 소리로 말했지.

"형님들은 뭐 될 것이 없어 닭이 되어 가지고 자갈을 주워 먹고 있소?"

그러자 닭 두 마리가 그 자리에서 사람으로 변해 버렸어. 나무꾼이 두 번이나 내기에서 이기자 오빠들은 더 이상 나무꾼을 따돌리지 않게 되었지.

이렇게 나무꾼은 하늘나라에서 한동안은 행복하게 살았지만 언제부터인가 어머니가 살고 있는 집이 그리워졌어. 그 모습을 지켜보던 선녀는 나무꾼에게 말했어.

"요놈을 타고 엄니께 가씨요. 그러나 가서 다시 올 적에는 엄니가 아무리 잡아도 말이 세 번 울기 전까지는 꼭 말 위에 올라타야 해요."

죽은 줄 알았던 아들이 돌아오자, 홀어머니는 뛸 듯이 기뻐하며 밥을 먹이고 옷을 입히며 난리 법석을 피웠어. 그때 말이 '히힝' 하면서 울었어. 나무꾼은 선녀의 말이 생각나 벌떡 일어나 말을 타려 했지. 그러나 어머니는 아들의 옷소매를 잡아끌었어.

"아가, 쪼까만조금만 더 있다가 가거라."

나무꾼이 머뭇거리는 사이 말이 또 한 번 '히힝' 하며 울더니 이어서 다시 한 번 울었어. 그렇게 세 번 운 말은 하늘로 그만 올라가 버렸어. 땅에 남은 나무꾼은 이제 영영 하늘로 올라갈 수 없게 된 거지. 나무꾼은 그리움이 사무쳐 몇 날 며칠을 앓다가 그만 죽고 말았어. 이후 나무꾼의 넋은 수탉이 되었어. 그리고 날이면 날마다 하늘을 쳐다보며 꼬끼오 하고 울게 됐대. _ 고흥군 도양읍

6-7. 닭 울기 전에 천석 부자, 닭 울고 난 후에는 만석 부자

옛날 남의 집 머슴 일을 하며 사는 총각이 있었어. 그러나 아무리 일해 봤자 자기 손에 들어오는 돈이 별로 없었어. 총각은 날마다 '이놈의 팔자, 그냥 죽어 부리는 게 낫겠다'라고 생각만 하고 살았지.

하루는 유명한 관상쟁이 영감이 마을에 왔다는 소문을 듣게 되었어. 총각은 영감을 찾아가 자기 관상을 봐 달라고 했지.

"아, 도대체 내가 언제가지 요렇게 고생만 허고 살것는가 상을 좀 봐 주씨요."

관상쟁이는 총각 얼굴을 힐끔 보더니 갑자기 흥분한 소리로 말했어.

"오늘 너는 운이 터 부렀다. 지금 이 길로 끝까지 걸어가그라.

쉬지 말고 가다 보믄 닭 울기 전에는 천 석, 닭 운 뒤에는 만 석 재산이 올 틴께는."

관상쟁이 말을 들은 총각은 그길로 마을을 떠나 쉬지 않고 걸었어. 걷다 보니 날이 저물어 총각은 마을 어느 부잣집에서 하룻밤 묵게 되었어. 총각은 그 집의 볏섬을 날라 주고 술도 얻어 마셨지. 거나하게 술에 취한 총각은 뒷마루에 누워서 관상쟁이의 말을 떠올렸어.

'닭 울기 전에 천 석이란디 어찌게 될란가, 벌써 날은 저문디….'

그러다 자기도 모르게 깜박 잠이 들어 버렸어.

밤이 되자 그 집의 주인인 과부가 잠들어 있는 총각을 발견했어. 과부는 총각을 깨워 마침 군불이 때진 자기 방으로 데리고 들어갔어. 그날 밤 총각과 과부는 부부의 인연을 맺었어. 과부는 알고 보니 천석 거부였어. 정말로 닭이 울기 전에 총각은 천석지기 거부의 남편이 된 거지.

한편, 그 마을 건너편에는 젊어서 부인과 사별하고 딸 하나와 살고 있는 만석지기 부자가 있었어. 그는 평소에 천석 부잣집 과부에게 마음을 두고 있었어. 그래서 늘 보쌈할 기회를 노리고 있었지. 부자는 그날 과부의 집으로 몰래 들어가 방에 누워 있는 과부를 보쌈해 오는 데 성공했어. 부자는 보쌈해 온 자루를 딸의 방에 두고는 밖에서 방문을 단단히 걸어 잠갔어. 딸은 아버지에게 미리 어머니를 보쌈해 온다는 이야기를 들었던 터라, 반갑게 자루를 열었지.

"새어머니, 반갑소. 인자 우리 어머니 되얐소."

그런데 자루를 열던 딸은 소스라치게 놀랐어. 자루 안에 들어 있는 것은 과부가 아니라 웬 젊은 남자였던 거야. 부자는 과부가 잠깐 밖에 나간 사이, 방에 혼자 누워 있던 총각을 과부로 착각하고 보쌈을 해온 거지. 고대했던 새어머니가 아니라 젊은 총각이 자루에서 나오자, 딸은 더욱 반가워하며 소리를 질렀어.

"시상에. 알고 보니 울 아부지가 나를 시집보내려고 요렇게 헌 일이네."

딸은 이것이 아버지의 뜻이라고 생각했지. 닭 울음소리가 요란한 새벽에 딸은 총각과 부부 인연을 맺었어. 관상쟁이 말대로 총각은 닭 울기 전에는 천석 부자 과부의 사내가 되고, 닭이 울고 난 후에는 만석 부자의 사위가 된 거야. _ 화순군 한천면

7부

깔깔깔 한마당

7-1. 나는 똥이 젤로 무섭지

어느 동네에 가난한 과부가 살았어. 너무 가난해서 힘들게 살던 중에 어찌어찌해서 도깨비랑 친하게 지내게 되었어. 그러다가 아예 그 도깨비를 영감으로 삼아 살게 되었다지. 도깨비는 밤사이 곡식도 가져다 주고 돈도 가져다 주었어. 과부는 그것을 모아서 어느새 전답도 사게 되었지.

그런데 시간이 흐르자 과부는 저녁마다 찾아오는 도깨비가 점점 귀찮아지기 시작했어.

'저 도깨비를 어떻게든 떼어 버려야 쓰겠다.'

이렇게 마음을 먹은 과부는 어느 날 도깨비에게 슬쩍 물었어.

"여보시오, 서방님, 서방님은 세상에서 무엇이 제일로 무섭다요?"

"나는 무서운 것이 하나도 없제."

"오메, 그래도 이만큼 우리가 같이 살았는데 속엣말 한 자락도 편히 못 나누것소? 자, 술 한잔 허고 어서 말씀 좀 해주시오. 나는 실은 똥이 젤로다 무섭소."

과부가 먼저 속마음을 터놓자 도깨비도 말했어.

"나는 말 대가리가 젤로 무섭지."

도깨비의 이야기를 들은 과부는 속으로 옳거니 하면서 쏜살같이 말 대가리를 구해다가 사립문 밖에다 걸어 놔 버렸어.

다음 날, 밤늦게 과부의 집을 찾아온 도깨비가 문에 걸린 말 대가리를 본 거야. 그러곤 깜짝 놀라 벌벌 떨며 말했어.

"아이고 분해라, 아이고 분해! 내가 가져다 준 돈으로 땅 사고 집도 샀는데 나한테 어떻게 이럴 수 있는가."

도깨비는 말 대가리가 무서워서 도망가면서도 분통이 터져서 견딜 수가 없었어. 그래서 자기를 못 오게 하는 과부를 된통 혼내 주기로 결심했어. 도깨비는 과부가 제일 무섭다고 한 것이 생각났지.

옳다구나 하면서 도깨비는 똥을 구해다가 과부의 논밭에다 마구 퍼붓기 시작했어. 그것을 본 과부는 죽는다고 앓는 소리를 해댔어.

"아이고, 못 살것네, 못 살어. 도깨비가 나 농사 못 짓게 하려고 똥이란 똥은 죄다 논밭에 뿌려 대쌌네. 에고 어쩔거나."

이 소리를 들은 도깨비는 더욱 신이 나서 더 많은 똥을 과부의 논밭에 뿌려 댔어. 그래서 어떻게 되었냐고? 어떻게 되긴, 그 해 과부네 농사는 풍년이 들었지. 그것도 대풍년이. _ 해남군 삼산면

7-2. 구두쇠 장인 속인 사위

어느 동네에 가난한 한 남자가 살았어. 이 남자는 살림살이가 어려웠지만 장인은 부자였대. 그러나 장인은 둘째가라면 서러운 지독한 구두쇠였어. 그래서 이 남자는 어떻게 하면 욕심 많은 장인의 덕을 좀 볼까 호시탐탐 기회를 엿보고 있었지.

어느 날 장인이 딸과 사위 집에 하루 묵어가게 되었어. 이때다 하고 두 내외는 함께 장인을 속이기로 마음먹었지. 사위는 계란 한 소쿠리를 들고 지나가며 장인이 들을 수 있게 큰 소리로 말했어.

"아, 오늘은 닭이 알을 적게 낳았네."

그 말을 들은 장인이 궁금해하며 사위에게 물었어.

"알을 몇 개나 낳았길래?"

"마흔다섯 개밖에 안 낳았어요. 어제보다 다섯 개나 덜 낳았지 뭐예요."

깜짝 놀란 장인이 물었어.

"닭 한 마리가 하루에 알을 50개씩이나 낳나?"

"그럼요. 그래서 우리는 닭을 여러 마리 기를 필요가 없어요. 한 마리를 길러도 알을 50개씩 낳으니까요."

장인은 그 암탉이 욕심났어.

"아, 그라면 그놈을 나를 주게. 대신 논을 두 마지기 줌세."

딸과 사위는 마지못해 귀한 닭을 내주는 시늉을 하며 한 가지 당부를 했어.

"그런데 한 가지 꼭 조심해야 될 것이 있어요."

"뭣이냐?"

"이 닭을 놀라게 하면 절대 안 돼요. 놀라면 하루에 한 개씩밖에는 알을 못 낳거든요."

"오냐! 내 안 놀라게 하마."

장인은 닭이 놀랄까 봐 식구들 몰래 사랑방에 가져다 놓았어. 그런데 다음 날 아침, 하인이 청소를 하다가 이불 위에 올라간 닭을 보게 되었지.

"어이구 깜짝이야, 이눔의 닭이 어디를 올라가 있어!"

하인은 고함을 지르며 작대기로 후려쳐 닭을 마당으로 내쫓아 버렸어. 놀란 닭이 후드득 뛰어가는 모습을 뒤늦게 본 장인은 애통해하며 말했어.

"아이고, 우짤거나. 이제 저놈은 알을 하루에 한 개씩밖에는 못 낳겠구나."

한편, 사위와 딸은 또다시 장인을 골려 주기로 했어. 장인이 사위의 집에 들른 어느 날이었어. 저녁이 되자 사위는 넌지시 장인에게 말했어.

"오늘 저녁이 저희 아부지 제삿날이에요."

"그렇냐? 아, 그란디 왜 음식 준비를 하나도 안 허고 있냐?"

"따로 장만할 것이 없어요."

이러고 마는 거야. 그런데 밤이 되자 사위가 어떤 방망이 하나를 가지고 방에 들어왔어. 그러고는 텅 빈 제사상 앞에 앉아 방망이로 제사상을 한 번 탁 치며 말했어.

"떡 나오니라."

그러니까 딸이 떡을 가지고 방에 들어오네.

"고기 나오니라."

사위가 방망이를 또 내리치니, 이번에도 딸이 어디선가 고기를 들고 오거든. 순식간에 제사상에는 음식이 한가득 차려졌어. 장인은 이 방망이가 또 욕심이 났어.

그래서 딸과 사위에게 말했지.

"야야, 이번에는 논 닷 마지기 줄 테니 그 방망이 나를 주라."

이번에도 사위는 못 이기는 체하며 방망이를 장인에게 넘겼어. 그러면서 또 당부를 했지.

“장인어른, 이 방망이를 쓸 때는 절대로 웃으시면 안 됩니다.”

“알았네, 알았어. 안 웃을란다! 절대로 안 웃을란다!”

장인은 신이 나서 방망이를 품에 안고 집으로 돌아왔어.

며칠 후 집안의 제삿날이 돌아왔어. 장인은 식구들에게 음식 준비를 절대 하지 말라고 큰소리를 쳤지. 그러고는 텅 빈 제사상 앞에 나아가 방망이를 내리치며 크게 외쳤어.

“떡 나오니라.”

그런데 이 모습을 본 종들이 너무 우스워 그만 깔깔거리며 크게 웃어 버리고 말았어.

“아이고, 우짤거나. 방망이 앞에서 고만 웃어 버렸으니… 아이고, 아까워라.”

구두쇠 장인은 땅을 치며 애통해했어. 이렇게 구두쇠 장인은 사위와 딸에게 두 번이나 속고 말았지. _ 화순군 능주읍

7-3. 삼천갑자 동방삭 이야기

명이 아주 길다고 '삼천갑자 동방삭'이라고 불리던 사람이 있었어. 동방삭이가 어떻게 해서 그렇게 오래 살게 되었는지 알아? 원래 동방삭이는 앞이 안 보이는 봉사와 이웃에 살고 있었대. 어느 날 동방삭이는 봉사네 논의 물을 몰래 빼 자기 논에 대었어. 이를 알게 된 봉사는 동방삭이를 찾아가 말했어.

"실은 내가 육갑을 좀 짚을 줄 아네. 근디 자네의 육갑을 짚어 보니, 죽을 날이 앞으로 얼마 안 남았네. 근디 얼마나 부귀영화를 누리겠다고 남의 논의 물을 빼 가나?"

봉사가 사주를 아주 잘 본다는 것을 알고 있었던 동방삭이는 깜짝 놀라 애원했어.

"어이쿠, 잘못했습니다. 원래대로 논의 물을 돌려놓을 테니, 살아날 방도를 좀 알려 주십시오."

봉사는 애원하는 동방삭이가 불쌍해서 살아날 방도를 알려 주었어.

"저승사자가 닷새 후에 자네를 잡으러 올 것이야. 자네는 닭 한 마리 삶고, 떡과 술 서 말, 그리고 노자 석 냥을 준비해 두게. 그런 후에 저승사자가 오거든 '배고픈데 쉬어 가십시오' 하며 인사를 하게."

동방삭이는 봉사가 일러 준 대로 했어. 그랬더니 대접을 받고 난 저승사자가 말했어.

"이것 참, 며칠 후 잡아가야 할 사람에게서 이렇게 대접을 잘 받아 부렸네. 고마워서 잡아갈 수가 없네."

하고는 명부에서 동방삭이의 이름을 슬쩍 지워 버렸어. 동방삭이는 이제 아무리 나이를 많이 먹어도 죽지 않게 되었지. 그런데 뒤늦게 이 사실을 눈치챈 저승에서 그를 잡아오라는 엄명을 내렸어. 그러나 동방삭이는 요리조리 숨어 살며 절대로 잡히질 않았지.

그러던 어느 날 동방삭이가 길을 가는데 숯을 열심히 씻고 있는 어떤 숯쟁이를 보게 된 거야.

"아니 숯을 뭐 하러 그렇게 열심히 씻고 있소?"

동방삭이가 물으니 그 사람이 대답했어.

"숯을 씻으면 희어진다고 해서 이렇게 씻고 있소."

너무 기가 차고 어이가 없어 동방삭이는 이렇게 말했어.

"아니, 내가 삼천갑자를 살았어도 숯덩이를 씻어 희게 만든다는 말은 처음 듣소."

동방삭이의 말이 끝나자마자 숯쟁이가 갑자기 천둥같이 소리쳤어.

"니놈이 바로 삼천갑자 동방삭이렸다!"

숯쟁이는 옳거니 하며 동방삭이를 냉큼 잡아가 버렸어. 실은 숯쟁이는 동방삭이를 잡으려고 변장을 한 저승사자였어. _ 화순군 도곡면

7-4. 참말로 내가 안 벼?

한 가난한 부부가 살았어. 그런데 남편은 너무 게을러서 도무지 일을 할 생각을 하지 않았어. 아내가 땀을 뻘뻘 흘리며 밭을 매도 남편은 나무 그늘 아래서 뒹굴거리며 어떻게 하면 놀고먹을 수 있을까만 궁리했어.

그러던 어느 날, 남편은 커다란 사마귀 한 마리가 나무 위의 매미를 잡아먹으러 기어가고 있는 것을 심심하게 쳐다보고 있었어. 그런데 풀잎이 하나 툭하고 떨어지더니 사마귀 이마에 붙는 거야. 그 순간 사마귀의 몸이 사라져 보이질 않았어.

"어, 저게 뭣이당가."

남편은 깜짝 놀라 소리쳤어. 벌떡 일어난 남편이 막대기로 내리치자 사마귀 이마에 붙었던 풀잎이 떨어졌어.

"엇, 이제 사마귀가 보인다 보여."

남편은 가슴이 막 뛰었어. 몸에 붙이면 순식간에 보이지 않게 되는 풀잎을 발견한 거지. 그런데 이파리 모양들이 비슷해서 그 잎사귀를 도저히 찾을 수가 없는 거야. 그래서 남편은 주변에 떨어진 잎사귀들을 모조리 쓸어 담아 집으로 가지고 왔어.

"여보 여보, 이리 언능 와 보소. 내가 귀하디 귀한 보물 잎사귀를 갖고 왔네."

그러면서 조금 전에 있었던 일을 아내에게 말해 주었어.

"내가 지금부터 이파리 하나씩을 이마에 붙일 텡께 내 모습이 보이나 안 보이나 대답 쪼까 하소잉."

아내는 시큰둥하게 그러마 했어. 그러고는 남편이 물으면 대답해 주었지.

"내가 빈가?"

"벼."

"내가 빈가?"

"벼."

"내가 빈가?"

"벼."

저녁 내내 이러고 있으려니 낮에 고된 일을 한 아내는 잠도 오고 대답하기가 귀찮아졌어. 보인다고 해야 이 일이 끝날 것 같았지. 남편이 다시 물었어.

"내가 빈가?"

"안 벼."

"뭐라고? 참말로 내가 안 벼?"

"응, 안 벼."

"아이고 옳거니, 이 이파리구나. 찾았다, 찾았어."

남편은 신이 나서 어깨춤을 덩실덩실 추었어.

다음 날 아침 일찍 그 이파리를 이마에 붙이고 남편은 장터로 갔어. 그러고는 어물전 가게로 들어가 생선 한 마리를 슬며시 옷자락 속에 넣었어. 가게 주인은 이마에 풀잎을 붙이고서는 버젓이 사람들이 보고 있는데도 생선을 품속에 숨기는 남편이 너무나 이상해서 가만히 쳐다보았어. 가게 주인이 이렇게 가만히 있자 남편은 속으로 옳거니 했어.

"역시 안 비는 게야. 이제 우리 집은 부자다. 이제 먹고살 걱정이 읍게 되었당께."

신이 난 남편은 또다시 생선 한 마리를 냉큼 품속에 집어넣었어. 그 순간 가게 주인이 남편에게 달려와 손목을 움켜쥐며 소리쳤어.

"도둑이야, 도둑! 여기 도둑놈이 있다!"

"아니, 당신 내가 비요?"

당황한 남편이 가게 주인에게 물었어. 그러자 가게 주인은 어이없어 하며 말했어.

"그럼 비지 안 비나?"

남편은 가게 주인에게 흠씬 두들겨 맞으며 손이 발이 되도록 싹싹 빌었어. 이후로 남편은 게으름을 피우지도 않고 아내와 함께 밭일도 열심히 했대. _ 화순군 도곡면

7-5. 명씨 성과 안씨 성의 싸움

어느 동네에 안정승과 명정승이 살고 있었어. 둘은 서로 친했지만 안정승은 명정승에게 불만이 하나 있었어. 그것은 명정승이 안정승의 성씨를 가지고 놀려 댔기 때문이지.

안정승이 무슨 말만 하면 명정승은 이렇게 놀려 댔어.

"이보게. 자네 안安씨 성들은 계집이 갓을 쓴 모양새이니 참으로 흉측하지 않는가? 허허."

"아, 계집이 갓 쓴 우스운 성을 가진 사람이 하긴 뭘 하겠다고 그러는가?"

좋은 소리도 한두 번인데 안정승은 매번 이런 놀림을 들을 때마다 약이 오르고 분했어. 하지만 대꾸할 말이 생각나지 않았지.

그러던 어느 날이었어. 안정승의 집 앞을 지나가던 스님이 시주를 받으러 들어왔어.

"소인 문안이오."

"아이고 스님, 더운데 여기 앉았다가 쉬어 가소."

안정승이 스님을 마루 위에 앉혔는데 그때 저 멀리서 명정승이 걸어오는 게 보였어. 그것을 본 안정승의 표정이 안 좋게 변하자 스님이 물었어.

"안색이 왜 그러십니까?"

"아, 내가 저기 오는 명정승에게 놀림을 당하고 산 지가 몇 년이라 저치 얼굴만 봐도 가심이 답답하여 그만…."

안정승이 모든 사연을 말하자 스님은 빙긋이 웃으며 말했어.

"좀 있다가 명정승이 오시면 안정승께서 저의 성을 넌지시 한번 물어봐 주십시오."

영문을 몰랐지만 안정승은 그러기로 하고 명정승을 집으로 맞아들였지. 안정승은 시주를 받아 나가는 스님을 붙잡고는 시치미를 떼고 물었어.

"그나저나 스님, 스님 성씨는 무엇이오?"

"아, 소인 놈 성씨는 묻지도 마십시오."

스님이 이렇게 대답하자 옆에서 듣고 있던 명정승이 더 궁금해하며 물었어.

"아니 뭔 말인가? 성을 묻지도 말라니?"

"제 성이 명明가라서 그라요."

스님의 대답을 들은 명정승과 안정승이 깜짝 놀라며 서로 동시에 물었어.

"명가가 왜?"

"실은 우리 어머니가 젊은 시절 사시던 동네에 월낭사와 일낭사라고 하는 절이 두 개 있었습죠. 그란디 어머니가 하루 저녁에는 월낭사에, 다음 날에는 일낭사에 다녀오시고 난 뒤에 태기가 생기셔서 저를 낳으셨습니다. 그란디 월낭사 주지와 일낭사 주지가 찾아와서는 서로 자기 자식이라고 우기는 것이 아니것습니까. 그래서 재판까지 가서 원님이 '이놈 성을 명가라 해라. 일낭사의 일日에다가 월낭사의 월月을 합쳐 밝을 명明, 명가니라' 해서 제 성이 명가가 되었습죠. 이렇게 제 성이 생겨났으니 어디 가서 부끄럽게 제가 명가라고 말하것습니까."

명정승은 무안해하며 바쁜 일이 있다며 서둘러 돌아가 버렸어. 스님이 자기를 놀리느라 지어낸 이야기라는 것을 까맣게 모른 채 말이야. 이후로 명정승은 다시는 성씨를 가지고 남을 놀려대지 않았어. _ 신안군 임자면

7-6. 매 맞은 망주석

옛날 옛날에 전국을 돌아다니며 비단을 파는 비단장수가 있었어. 어느 날, 무거운 비단 짐을 지고 고개를 올라가던 비단장수는 힘이 들어 잠시 쉬어 가기로 했어. 쉴 곳을 찾아 이리저리 둘러보다 양지바른 곳에 있는 무덤 하나를 발견했지. 그러고는 그 옆 망주석무덤을 꾸미기 위하여 무덤 앞의 양 옆에 세우는 돌기둥에 비단 짐을 기대 놓았어. 비단장수는 잠깐 쉬려고 했는데 그만 깜박 잠이 들고 말았어. 퍼뜩 잠이 깼을 때는 이미 누군가 비단을 훔쳐 가 버린 뒤였지. 앞이 캄캄해진 비단장수는 그길로 고을 원님에게 달려가 하소연했어.

"아, 가난한 소인이 비단이나 좀 폴아 보려고, 산모퉁이 양지밭에 있는 망주석에다 비단 짐을 받쳐 놓고 잤어라우. 근디 어떤 놈이 나 잠든 녘에 그냥 비단 짐을 훔쳐 가 부렀으니 어떻게야 쓰겠소. 어떻게 이 비단을 찾을 도리가 있겠소?"

자초지종을 들은 원님이 말했어.

"비단을 찾을 방법이 있고말고. 분명 망주석에다 비단 짐을 기대 놓았단 말이지?"

"예, 망주에다 받쳐 놨습니다."

"그럼 망주는 그 비단을 누가 가져갔는지 알 거 아니냐."

"망주가 알기는 알지마는 돌로 된 망주가 워찌 말을 할 도리가 있겠습니까?"

"방법이 다 있다. 있지, 있고말고."

원님은 형방에게 망주석을 잡아 대령하라고 명했어. 그러고는 관아 앞마당에 잡혀 온 망주석에다 대고 호령을 했지.

"네 이놈, 너한테 기대 놓았던 비단 짐을 어느 놈이 가져갔는지 사실대로 말해라."

그러나 돌로 만들어진 망주석이 대답을 할 턱이 없지. 원님은 더욱 큰 소리로 말했어.

"저놈이 이실직고할 때까지 매우 쳐라."

한 대 두 대, 망주석에 매를 때리기 시작했는데, 이틀이고 사흘이고 계속됐지. 그러자 고을 일대에 소문이 쫙 퍼지기 시작했어. 사람들은 모이기만 하면 망주석 볼기 치는 이야기를 했어.

"비단장수가 비단을 잃어 뿌렀는디, 세상에나 망주석이 훔친

놈을 알고 있다고 원님이 고것을 빼다 놓고 날마둥 매질을 하는 거여."

"원, 그런 미련한 원님이 세상에 어디가 있을 거여. 독이 깨지도록 매질을 하면 그것이 말을 할 것이여?"

그런데 갑자기 원님은 사람들이 어디서든 망주석 이야기만 하면 다 잡아들이라고 엄명을 내렸어. 명령 끝에 마을의 몇몇 노인들이 잡혀 왔어. 원님은 그 노인들의 자식들에게 말했어.

"너희 부모들을 풀려나게 하려면 오늘 안으로 비단을 가지고 오너라."

이 소식을 들은 비단 도둑은 이때다 싶어 훔친 비단을 높은 가격에 내다 팔았어. 애가 탄 자식들은 부모님을 살리기 위해 얼른 비단을 사서 원님에게로 달려갔지. 그러자 원님은 그 비단들을 모아 놓고 비단장수를 불러 물었어.

"자, 이 앞에 니가 잃어 버린 비단이 혹시 있느냐?"

"어이쿠, 네네 있습니다요. 있구말구요."

비단장수는 자기가 잃어 버린 비단을 한눈에 모두 골라냈어. 원님은 그 비단을 판 사람을 잡아들이라고 했어. 결국 도둑은 그렇게 덜미를 잡히고야 말았지. 말 못하는 망주석의 곤장을 친 이유를 그제야 알게 된 고을 사람들은 원님의 현명한 지혜에 모두 고개를 끄덕였어. _ 화순군 동복면

7-7. 이야기 죽은 값

한 사내가 길을 가다가 주막에 들렀어. 주막 안에는 여러 사람이 모여 이야기를 하고 있었는데, 이 사내가 들어가는 바람에 이야기가 뚝 끊겨 버렸지. 그러자 모여 있던 사람 중 하나가 말했어.

"여보씨요, 당신이 들어오는 바람에 이야기가 끊겨 버렸으니 이야기 죽은 값을 내씨요."

사내는 얼떨결에 닷새 뒤에 집으로 오면 이야기 죽은 값을 내겠다고 대답해 버렸지 뭐야. 그런데 집에 돌아와 생각해 보니, 돈도 없는 데다 이야기 죽은 값을 물어내라는 게 기가 막힌 거야. 그렇지만 약속을 했으니 안 줄 수도 없고 해서 이리저리 궁리를 하고 있는데, 어린 아들이 쪼르르 달려와서 물었어.

"아버지, 어찌 그러시오?"

사정 이야기를 들은 아들이 다시 물었지.

"그 돈을 언제 받으러 오기로 했소?"

"닷새 뒤에 받으러 오기로 했다."

"아버지는 염려 마씨요. 지가 해결허리다."

약속한 날이 되자 이야기 죽은 값을 받으러 한 사람이 찾아와 말했어.

"자, 약속했던 이야기 값을 받으러 왔소."

그러자 나와야 할 사내는 안 나오고 사내의 어린 아들이 나오더니 사지를 쭉 뻗고 털썩 주저앉는 거야. 그러자 돈을 받으러 온 사람이 혀를 끌끌 차며 말했지.

"이런 놈이 있나, 어른 앞에서는 다리를 오그려야지. 버릇없이 쭉 뻗고 요러고 있냐?"

"아, 다리가 급작이 병신이 되야서 그래라."

"어찌해서 병신이 돼아야?"

"고양이 뿔에 찔려 갖고 다리가 요렇게 되았단 말이요."

그런데 고양이한테 뿔이 있을 리가 없잖아? 그래서 그 사람이 아들에게 따졌지.

"이놈의 자석, 고양이한테 뿔이 어디 있다냐?"

그러자 아들이 대답했지.

"아, 그럼 이야기 죽은 값은 또 어디 있다요?"

그 사람은 아무 말도 못하고 돌아가 버렸어. _ 보성군 보성읍

7-8. 장인 버릇 고치기 ①—도둑놈의 사위가 되다

진도의 한 마을에 도둑질로 일가를 이루고 떵떵거리며 사는 홍영감이 있었어. 그렇게 잘살게 됐는데도 홍영감의 도둑질은 그치지 않았지. 하루는 진도읍에 장이 열렸는데, 이날도 홍영감은 도둑질하러 장으로 나왔어. 거기에 소를 팔러 온 아버지와 아들이 있었어. 아버지는 소를 판 돈을 아들에게 맡기며 말했어.

"이걸 들고 여기 가마히 섰거라. 내가 뭐 좀 사 갖고 오마."

이를 몰래 지켜보던 홍영감은 아버지가 자리를 뜨자마자 '옳지, 이때다' 하고는 아들에게 다가가 말했어.

"윘따, 아가야 장에 왔냐?"

"예."

"배고픈데 어쨌그나. 뭐라도 한 모금 먹어야 쓸 거인데, 가만

있거라."

홍영감은 떡을 한 접시 사 와서 아들에게 내밀었어.

"아나 떡 먹어라."

그러고는 물도 한 사발 얻어다 주며 말했어.

"싸알살 먹어라, 목 매친다[막힌다]. 아나 물 먹어라."

물을 받을 손이 모자라자 아들은 돈 자루를 살짝 옆에 내려놓고 물 사발을 받아 들었어. 그 순간 홍영감은 돈 자루를 들고 냅다 달아나 버렸어. 사내아이는 너무 눈 깜짝할 사이에 당한 일에 어쩔 줄 몰라 우두커니 서 있는데, 마침 자리를 비웠던 아버지가 돌아왔어.

"돈 자루 잘 지켰냐?"

"근데 아부지, 어떤 할아버지가 와서 떡 사 줌서 떡 먹어라, 목 메친데 물 먹어라 하더니 물 먹는 순간 기냥 돈 자루를 들고 가버렸당게요."

"여 참 큰일났다. 돈을 다 잃어 부렀다고? 이거 어찌케 하끄나."

아들은 잠시 생각하더니 한 가지 꾀가 떠올랐어. 아들은 장터에 있는 떡집이란 떡집은 죄다 돌아다니며 홍영감이 준 떡 접시를 쓰는 곳을 찾아냈어. 결국 아들은 떡을 사 준 사람이 홍영감이고, 그 홍영감이 어디 사는지도 알아냈지.

아들은 아버지에게 돈을 달라고 해서 돼지고기를 사 가지고 홍영감 집으로 갔어. 집 안을 슬쩍 들여다보니 홍영감은 없고 딸이 집에 홀로 있었지. 아들은 집으로 들어가 딸에게 말했어.

"아나 느그 아부지가 괴기 잠 사 주드라. 그라고 아까 갖고 온 돈 자루를 얼른 다시 갖고 오라고 허드라."

홍영감 딸은 아무 의심 없이 아들에게 돈 자루를 갖다 줬지.

한참 후에 홍영감이 돌아와 딸에게 돈 자루를 갖고 오라고 하자, 딸은 놀라며 대답했어.

"아이, 아부지! 정신이 없소? 아까 괴기 사 보냄시로 돈 자루 주라 해서 줘 부렀소."

홍영감은 어이가 없었어.

"괴기는 먼 괴기를 사야. 누가 돈 자루를 돌라 했냐?"

"쪼깐한 애긴디 그놈이 기양 갖고 갑디다."

수십 년간 도둑질로 큰 부자가 된 홍영감은 자기가 도둑질한 것을 다시 도둑맞았다는 것을 알고 그 자리에 털썩 주저앉아 버렸지. 그런데 가만히 생각해 보니, 어린 놈의 도둑질 솜씨가 여간 좋은 게 아니야. 갑자기 그 사내아이가 탐이 났어. 홍영감은 그길로 장터로 돌아가 아들의 아버지를 따로 만났어.

"나 아문데 사는 홍영감이요. 근디 아들이 몇 살이나 먹었소? 나가 사위 삼음직 하요."

아버지는 자기 소 판 돈을 훔쳐 갔던 사람인 줄도 모르고, 부자로 보이는 홍영감이 맘에 들어서 좋아라 하며 얼른 승낙해 버렸지. 아들은 이렇게 해서 갑자기 도둑놈의 사위가 되어 버린 거야. _ 진도군 군내면

7-9. 장인 버릇 고치기 ②—도둑질 또 할라요?

한편 자기도 모르는 사이에 아버지가 혼인 약속을 해버렸기 때문에 아들은 어쩔 수 없이 홍영감 사위로 갈 수밖에 없었어. 아들은 속으로 이렇게 다짐했지.

'나가 어쩔 수 없이 여그로 장개를 가지마는 내가 어찌케 하든지 장인 도둑질 버릇을 고쳐 놔야 쓰겄다.'

혼인한 며칠 뒤 홍영감이 사위를 불러 놓고 말했어.

"아야 사우야, 너는 도독질을 몇 년이나 했냐? 나는 맨날 저녁 남의 집에서 짚 한 단이래도 안 훔치면 잠이 안 와야."

"그래라우? 그라먼 부잣집도 털어 먹었으요?"

"아 그것은 못한다. 우리 부락에 젤로 갑부가 있는데, 아적 나가 그 집은 못 들어갔다."

"그래라우. 자고로 도독질이라 하면 때를 잘 뽑아야지 함부로 해선 큰일나니께요. 빈장님장인어른은 그것이 설은개비유서투른가 봐요."

"글씨 말이다. 그랑께 내가 너를 사우 삼었지야."

"걱정 맛시오. 나는 쩨쩨하게 짚 한 단이나 가마니 하나씩은 도독질 안 하요. 낼부터 때를 잘 봐서 도독질 한번 같이 합시다."

다음 날 아침 홍영감은 사위 인사시킨다는 구실로 동네 제일 갑부인 김대감네 집을 찾아갔어. 자기가 털 집을 염탐하려는 거였지. 사위는 홍영감이 잠깐 뒷간에 간 사이 김대감에게 말했어.

"우리 빈장님 도독질 버릇이 이만저만이 아니요. 오늘 밤에 대감님 댁을 도둑질하러 올 계획이 있는디, 엇찌게 해서라도 도독질을 못하게 해야 쓰겄습니다."

김대감과 사위는 홍영감의 버릇을 고칠 궁리를 함께 짰어.

드디어 밤이 되자, 홍영감과 사위는 빗장이 열려 있는 대문을 열고 김대감 집 안으로 들어갔지. 사위는 홍영감에게 사다리를 타고 창고로 내려가 돈 자루를 올려 보내게 했어. 홍영감은 사다리를 오르락내리락하면서 돈 자루를 나르느라 신이 났어. 한참 돈 자루를 옮기는데 어둠 속에 숨어 있던 김대감이 사다리에 올라가 있는 홍영감의 발목을 꽉 잡았어. 깜짝 놀란 홍영감이 소리도 지르지 못하고 잡혀 있는데, 사위는 이를 알고도 모른 척하며 위에서 마구 재촉해 댔어.

"시간이 넘으면 큰일낭께 얼릉얼릉 돈 자루를 넝기제 멋하고 있소."

그러자 홍영감이 벌벌 떨면서 겁먹은 목소리로 속삭였어.

"아 이놈아 나 잽했다, 잡했어. 엇찌게 하냐?"

그랬더니 사위가 낫을 들고 이렇게 말했어.

"시간이 넘으면 큰일 나니 할 수 없소, 나라도 살아야제. 근디 아버이를 그냥 두먼 누가 도독질한 것인지 밝해징케 아버이 모가지를 띠어 갖고 가 불라우."

그러면서 낫을 장인 목에 갖다 댔어. 사색이 된 홍영감은 울먹이며 소리쳤어.

"아 이놈아 엇찌게 내 목을 띠어야. 그러지 말고 나 좀 살려라."

김대감은 아래쪽에서 발목을 잡고 있고, 사위는 낫을 자기 목에 대고 있으니, 진퇴양난인 홍영감은 그저 열 번이고 스무 번이고 살려 달라고 애원했어. 그러자 사위가 큰 소리로 말했지.

"또 할라요? 이렇게 도독질을 또 할라요?"

"당체 안 할란다. 절대로 안 할란다."

사위에게 혼쭐이 난 홍영감은 그날 이후로 도둑질을 완전히 끊었대. _ 진도군 군내면

7-10. 밥 한 술에 정승 되고, 밥 한 술에 노비 되고

옛날 한 임금이 민심을 살피기 위해 잠행을 떠났어. 마침 날이 저물어 한 마을에서 신세를 지게 됐지. 마을에서 좀 떨어진 곳에 집 두 채가 나란히 있는데, 한 집은 으리으리한 기와집이고 또 한 집은 거의 허물어질 것 같은 초가집이었어. 임금은 그래도 기와집이 여유가 있으니 좀 편할 거라고 생각하고 기와집 대문을 두드렸지.

"웬 사램이요?"

"길 가는 사람인데, 여비는 떨어지고 날은 저물었으니 여기서 하룻밤 잘 수 있겠소?"

"아이, 별소리를 다 한다. 보니께 노자도 없어 보이네. 저그 옆집으로 가슈."

주인 남자는 고래고래 고함을 치면서 임금을 내쫓아 버렸어.

"거 사람 인심 한번 고약하구나."

임금은 혀를 끌끌 차면서 할 수 없이 초가집으로 가 주인을 불렀어.

"여비가 떨어져 여관에도 머물 수 없으니 댁에서 하룻밤 자고 갑시다."

"들어오시오. 그란디 우리집 가세가 다 절단나서 집도 누추허고 잡수던 못허고 어쩔 것이여."

그래도 좋다 하고는 임금이 방에 들어가 쉬려 하는데, 그 집 부부가 이야기하는 소리가 들렸어.

"우리끼리는 굶어도 괜찮은디 손님이 계시니 어쩔 것이여. 씨 할라고 놔둔 팥이 있는디, 그놈이나 삶아서 한 그릇씩 나눠서 먹읍시다."

부부는 멀건 팥죽을 쑤어 내오면서 미안한 듯이 말했어.

"우리가 곤란하게 살아서 손님도 잘 접대하덜 못하고 미안스러서 어쩔거라?"

"아니오, 괜찮습니다."

저녁은 팥죽이나마 먹을 수 있었지만, 다음 날 아침은 맹물 한 사발이 전부였지. 부부는 거듭 미안해했어. 임금은 더 이상 머무르면 폐가 될 것 같아 부부에게 인사를 하고 길을 떠났지.

그런데 이 부부가 굶는다는 소문이 마을에 퍼지자, 마을 사람들이 쌀 한 줌씩을 추렴해서 부부에게 가져다줬어. 쌀을 부려놓으면서 마을 사람이 말했지.

"요새 식량이 읍서 고초를 받는다고 모다 온 거이니께 밥 한술 지어 드씨요."

부부는 기뻐서 즉시 밥을 짓기 시작했어. 그런데 갑자기 부인이 생각이 난 듯 말했지.

"손님은 엊저녁부터 굶겨 보내고, 우리만 밥을 해 먹으면 죄가 되지 않겄소?"

그러자 남편은 지난 밤 자기 집에서 묵은 손님을 찾으러 재빨리 밖으로 나갔지. 다행히 멀지 않은 곳에 있는 임금을 불러 세워 집으로 데리고 돌아왔어. 집에는 밥을 수북하게 담은 밥상이 차려져 있었지. 밥상을 임금 앞으로 밀면서 부인이 말했어.

"손님이 막 간 뒤에 아랫동네서 우리가 매칠을 굶는다는 말을 듣고서 양석을 보내 줬으라우. 그래서 우리끼리 밥해 먹을라고 본께 손님은 그냥 냉수로 보내고 미안스러워서 밥이라도 한 그륵 대접해 갖고 보낼라고 헌 것이여."

부부의 마음 씀씀이에 흐뭇해진 임금은 밥상을 물리면서 말했지.

"내 조만간 당신들을 서울로 부를 것이니 꼭 올라오시오."

얼마 후, 정말로 가난한 부부에게 서울로 오라는 전갈이 왔어. 부부는 찾아간 곳이 궁궐이라는 것도 놀라웠지만 더 놀라운 것은 자기 집에 묵었던 나그네가 바로 임금이었다는 사실이었지. 임금이 말했어.

"세상천지에 너희처럼 착한 사람이 없다. 그런 마음을 가진 사람이 조정의 일을 해야 한다. 너에게 정승의 벼슬을 내리노라."

그리고 이번에는 다른 신하에게 영을 내렸지.

"너희들은 당장 순창으로 내려가 이 부부네 집 옆에 사는 부자 놈에게 어명을 전해라. 앞으로 부자 놈의 집안은 대대손손 이 정승의 노비로 살라고 말이다."

가난해도 손님을 정성껏 맞은 부부는 정승이 되고, 넉넉해도 손님을 대접할 줄 모르는 구두쇠 부자는 노비로 일생을 보내게 된 거지. _ 화순군 한천면

8부

살믄서 뭣이 중헌디

8-1. 어떤 형제 이야기 ①—산이 삼켜 버린 절구통

어느 마을에 형제가 살았어. 그런데 형제는 부모님이 돌아가시자 수시로 싸움을 벌였어. 서로 자신이 부모에게서 재물을 적게 물려받았다며 말이야. 싸움 끝에 형은 동생을, 동생은 형을 관아에 서로 고소하기에 이르렀지.

형제의 이야기를 모두 들은 원님은 종이 한 장을 주었어. 거기에는 '산탄저구'山呑杵臼라고 쓰여 있었어. 하지만 형제는 까막눈인지라 무슨 말인지 전혀 짐작이 가지 않았어. 형은 '동생이 나에게 얼마를 줘야 한다고 쓰여 있는 걸까?' 궁금했고, 동생은 동생대로 '형이 나에게 얼마를 줘야 한다고 쓰여 있는 걸까?' 궁금했지.

형제는 동네의 늙은 선비에게 가서 해석을 부탁했어.

"아, 선비님 요것 좀 봐 주시오. 형님이 나한테 얼마를 줘야 한다고 써져 있소? 똑바로 크게 한번 읽어 주실라오?"

동생이 건넨 종이를 읽고 난 늙은 선비가 무릎을 탁 치며 말했어.

"허, 명관이다!"

"그러니까 얼마를 주라고 했소?"

형제는 다급하게 물었지.

"산탄저구라 했다."

"아 글쎄, 그럼 그게 얼마요?"

형제들이 재촉하자, 선비는 형제에게 어떤 이야기를 들려주었어.

"옛날에 한 형제가 있었다네. 그런데 형이 동생보다 재물을 좀 더 많이 가지게 되자 동생이 형에게 와서 돈을 달라고 자꾸 떼를 썼지. 형은 동생이 달라는 대로 주고 또 주고 하다 보니 어느새 집안엔 낡은 절구통 하나만 남게 되었어. 헌데 이 절구통은 쌀 한 되를 넣으면 서 되 서 홉이 불어나는 신통방통한 보물이었지. 이마저 동생이 달라고 떼를 쓰니, 형도 슬쩍 욕심이 났어. 그래서 꾀를 냈지. 절구통을 지고 산으로 올라가 왼쪽 골짝으로 굴러가면 자기가 가지고, 오른쪽 골짝으로 굴러가면 동생이 가지기로 말이야. 물론 동생 모르게 이미 왼쪽 골짝으로 길을 내어 놓은 후였지. 통을 굴린 형제는 산 아래로 내려와 얼른 살펴보았어. 그런데 아 글쎄, 그 절구통은 이미 산이 홀랑 삼켜 버린 뒤였어. 깊은 산속에서 영영 찾을 길이 없게 되어 버렸다는 말이지. '산탄저구'란 바로 산이 절구통을 삼켜 버린다는 뜻일세."

서로 싸우면 있는 복도 달아난다는 '산탄저구'의 속뜻을 알게 된 형제는 앞으로는 서로 사이좋게 지내자며 손을 잡고 다짐했어. _ 해남군 화산면

8-2. 어떤 형제 이야기 ②—물고기가 토해 놓은 구슬

한두 해가 지나자, 형과 동생은 또다시 서로의 재물을 욕심내며 다투기 시작했어. 몇 해 전에 했던 약속은 까맣게 잊은 지 오래였어. 형제는 다시 원님을 찾아갔지. 이번엔 확실히 결판을 내겠다고 단단히 벼르고서 말이야. 원님은 형제를 알아보았어. 그러곤 이번에도 글을 하나 써서 형제에게 주었어. 거기에는 '어토명주'漁吐明珠라고 쓰여 있었어. 이번에도 형제는 한달음에 늙은 선비를 찾아갔지.

"이번엔 정말 뭐라고 판결을 내리셨소?"

형제는 안달하며 선비에게 다급히 물었어.

글을 본 선비는 이번에도 이야기를 하나 들려주었어.

"'어토명주'란 물고기가 토해 놓은 귀한 구슬이란 뜻이야. 어느 마을에 가난한 형제가 살았어. 하루는 건너편 마을에 형이 밥을 얻으러 가고, 동생은 가까운 부잣집 잔치에 밥을 얻으러 갔어. 잔칫집에 간 동생은 배가 고픈 나머지 얻은 음식을 그 자리에서 그만 허겁지겁 혼자 다 먹어 버렸어. 뒤늦게 형이 생각난 동생은 미안함에 어쩔 줄을 몰라 하다가 갑자기 좋은 생각이 떠올랐지. '금방 먹은 것인께 언능 토해 가지고 씻어서 가져가야겠다' 하고는 물가에 가서 토하기 시작했어. 간신히 음식을 토해 놓긴 했는데, 아 글쎄 물속 붕어 놈들이 와서는 홀딱 삼켜 버리네. 놀란 동생은 눈물을 뚝뚝 흘리며 물속을 들여다보았지. 그런데 음식을 삼킨 붕어들이 노란 구슬을 하나씩 토해 놓고 가네. 동생은 구슬을 챙겨 집으로 돌아왔어. 동생의 이야기를 모두 들은 형은 자기가 얻어 온 음식을 나누어 먹으면 된다고 동생을 달랬지. 그러고는 마당에 나가 가지고 온 구슬로 사이좋게 놀았어. 그때 마침 그곳을 지나가던 스님이 이를 보고 깜짝 놀라 형제에게 달려와 말했어. 이 구슬은 아주 영험한 보물이라고 말이야. 두말할 필요 없이 형제는 그 후로 다시는 밥 얻으러 다닐 일이 없게 되었지. 자, 이것이 바로 '어토명주'일세."

선비는 마지막으로 덧붙여 말했어.

"이번엔 절대로 잊지 마시게. 서로 욕심을 부리고 시기하면 가지고 있던 좋은 것도 달아나는 법이지만, 형제간에 우애가 있으면 그것을 단단히 지킬 수 있다네. 암 그렇고말고."

선비의 이야기를 들은 형제는 부끄러워서 한참을 아무 말이 없었대. _ 해남군 화산면

8-3. 우애 좋은 동서지간

한 마을에 큰동서와 작은동서가 이웃하며 살고 있었어. 작은동서네 집은 형님네보다 항상 살림이 가난했어. 남편이 게으르고 노름을 좋아해 돈이 모이질 않았기 때문이야. 어느 날 큰동서의 집에 작은동서가 찾아왔어. 집을 지키고 있던 시어머니에게 작은동서가 부탁을 했지.

"어머니, 제가 지금 아무개 댁 밭을 매러 나가야 하는디, 저희 집 나락 좀 봐주쇼."

그러면서 나락이 든 망태 하나를 맡기고 가는 거야. 큰동서가 보니 작은동서가 맡기고 간 나락은 서 말 정도 되었어. 그런데 항시 작은아들네를 불쌍히 여긴 시어머니가 몰래 망태에다 살짝 나락 한 말을 더 얹어 놓는 거야. 큰동서는 그 모습을 보았지만 모른 척했어.

저녁이 되자 작은동서가 밭일을 마치고 돌아왔어. 그런데 작은 동서는 망태를 들고 나가려다 갑자기 주춤했어. 아침보다 한 말 정도가 더 들어 있는 것을 알게 된 거지. 시어머니가 그렇게 한 것임을 눈치챈 작은동서는 한 말을 도로 덜어 냈어. 그러곤 딱 서 말만 가지고 집으로 돌아가는 거야. 이를 본 큰동서는 생각했지.

'아따, 우리 작은동서 마음씨 좀 보소. 다 남편 잘못 만나 저 고생인 게지.'

며칠 뒤 큰동서는 작은동서를 집으로 불러 쌀과 돈을 내놓으며 말했어.

"동서, 요놈을 가지고 가서 술과 음식을 좀 솔찬히 만들어 오소. 며칠 뒤 자네 시숙 생일날이니 그때 그걸 가지고 오소."

"아, 지가 해드려야 할 거인디…, 형님이 이리 돈까정 주시면…."

작은동서는 미안해했지만, 큰동서는 일단 그렇게 하자며 돈과 쌀을 주어 돌려보냈어.

며칠 후, 시숙의 생일날이 되었어. 약속대로 작은동서는 술과 음식을 잔뜩 가지고 왔지. 이것을 본 큰동서는 남편이 듣도록 큰 목소리로 말했어.

"아, 없는 살림에 동서가 이렇게나 음식을 많이 해갖고 왔소."

이 말을 들은 시숙은 속으로 기뻐하며 말했어.

"아따 제수씨, 뭐 할라고 힘든 살림에 이렇게 음식을 많이 해 갖고 오셨소."

큰동서는 남편에게 술과 음식을 자꾸 권했어. 한참 후 술을 많이 마신 남편이 잠에 곯아떨어졌지. 그러자 이때를 기다렸다는 듯이 큰동서가 안방에서 문서 하나를 꺼내 작은동서에게 주며 말했어.

"이놈을 가지고 가소. 시숙이 자네 주라네."

작은동서는 어리둥절했지만 큰동서가 주는 문서를 받아 집으로 돌아갔어.

한참 후, 잠에서 깨어난 시숙은 깜짝 놀랐어. 안방 문과 문갑이 훤히 열려 있으니 말이야. 문갑 안을 이리저리 살피며 시숙이 말했어.

"아, 이게 뭔 일이요? 아따, 논문서 하나도 홀라당 없어져 부렸네?"

큰동서는 혀를 끌끌 차며 남편에게 말했지.

"당신이 아까 동서에게 고맙다고 하면서 논문서를 덥석 주었잖소."

"오메, 내가 논문서를 줘 버렸다고?"

"술에 취해 갖고서 당신이 그랬지. 난 모른당께."

시숙이 곰곰이 생각해 보니 그럴듯한 거야. 시숙은 속이 탔지만 할 말이 없었어.

그런데 다음 날 아침, 큰동서가 예상했던 대로 작은동서는 논문서를 도로 들고 찾아왔어.

“어저께 시숙께서 저에게 요것을 주셨는디, 술에 취해 주신 것을 받을 수는 읎지라.”

그러면서 논문서를 시숙에게 도로 돌려주는 거야. 시숙은 작은동서의 바르고 따뜻한 마음씨에 잠시 할 말을 잃었어. 그러고는 이내 논문서를 도로 작은동서에게 주며 말했지.

“제수씨 이거 갖고 그냥 벌어 자시쇼.”

마음씨 착하고 현명한 큰동서와 작은동서는 이후로도 의좋게 잘 살았다고 해. _ 화순군 도곡면

8-4. 살려 준 은혜 갚기①—줄라믄 다 주고 오지

어느 마을에 가난한 아버지와 아들이 살았어. 살림이 궁하다 못해 아주 굶어 죽을 지경에 이르게 되었지. 어느 날, 아버지가 아들을 불러 말했어.

"야야, 도저히 안 되겠다. 이리 살림이 어려우니 이거라도 갖다 팔아야 쓰것다."

아버지가 내놓은 건 대대로 전해 오는 집안의 귀한 보물인 금두꺼비였어. 깜짝 놀라는 아들에게 아버지는 말했지.

"허나 여그 촌에서는 이 보물을 살 사람들이 읍을 것이다. 저기 팔도를 돌아댕기면서 좋은 값을 받아 오니라."

아들은 금두꺼비를 품에 안고서 집을 떠났어. 경상도, 충청도, 전라도를 열심히 돌아다닌 끝에 아들은 금두꺼비를 천 냥에

팔 수 있었지. 하루 빨리 집으로 돌아가 아버지에게 기쁜 소식을 알리고 싶었던 아들은 쉬지 않고 발걸음을 재촉했어.

그러던 어느 날, 아들이 충청도 어디쯤을 지날 때였어. 바삐 다리를 건너가는 아들의 귀에 어디선가 울음소리가 들려왔어.

"아이고, 내가 몬저 죽을라요."

"아녀, 내가 몬저 죽어야제."

"죽지마, 죽지마. 아부지, 어무이."

다리 끝에 한 가족으로 보이는 사람들이 있었는데, 남자가 물에 빠지려고 하면 여자가 붙들고, 여자가 빠지려고 하면 아이들이 울면서 붙잡고 있는 거야. 아들은 가까이 다가가 물어보았지.

"무슨 일들이오?"

"그냥 가던 길이나 가시쇼. 이 사연은 알아도 소용없는 일이라요."

남자가 힘없이 대답하자 아들은 그래도 얘기나 해달라고 재촉했어. 그러자 남자가 말했어.

"목구멍이 포도청이라 자석들 멕인다고 쌀 한 가마니 빌렸더니 그것이 이자가 늘고 늘어 이제는 빚이 천 냥이나 돼 버렸다오. 근디 당최 갚을 길이 없으니 우리 가족 이제 모두 죽으러 나올 수밖에요."

마침 품속에 천 냥을 품고 있던 아들은 차마 발걸음이 떨어지지 않았어. 그러나 차마 돈을 선뜻 내줄 수도 없었지. 아들은 고민에 빠졌어.

'내가 그냥 가면 이 다섯 식구 목숨이 끝장나고, 돈을 주고 가믄 울 아부지허고 나가 죽게 생겼네.'

아들은 다리를 수십 번 오가며 고민에 고민을 거듭한 끝에 그 식구들에게 돈을 내밀며 말했어.

"옛소. 이거 천 냥이니 이놈 갖다가 빚을 갚고 다섯 식구 목숨은 버리지 마소."

아들이 내민 돈을 본 남자는 깜짝 놀라며 사양했어.

"너무 감사한 일이지만 이리 큰돈을 덥석 받을 순 없소."

"지는 바쁜게 어서 가야 허니 돈이나 언능 받으소."

부부는 다급하게 아들의 옷자락을 부여잡으며 물었어.

"그렇다믄 어디 사는 뉘신지는 알려 주셔야 헐 것 아뇨."

"지는 이름도 성도 읍어라. 안녕히들 계시쇼."

아들은 성급히 그 자리를 떠났고 며칠 후 아버지가 기다리는 집에 당도했지. 아들을 본 아버지는 기뻐하며 물었어.

"야야, 그래 금두께비는 얼마나 쳐주더냐?"

"네, 천 냥 쳐주드만요."

"아이고 잘했다, 잘했어. 그만하믄 앞으로 걱정 읍다."

"근디 아부지, 실은 지한테 오백 냥만 남았다요."

아들은 다리에서 만난 가족 이야기를 하면서, 그 가족에게 오백 냥을 주었다고 거짓말을 했어. 천 냥을 다 주었다고 말하면 놀란 아버지가 기절이라도 할까 봐 말이야. 그런데 아들의 이야기를 다 들은 아버지가 아들을 밀쳐 내며 말했어.

"나가거라. 어찌 니가 그럴 수가 있단 말이냐."

"죄송해요. 지 맘대로 오백 냥을 써서…."

"그게 아니다, 이눔아. 니가 오백 냥만 주고 오믄 그 가족은 죽은 목심이다. 줄라믄 천 냥을 다 주고 올 것이지 어째 절반만 주고 왔느냐 그 말이제. 니는 내 자슥도 아니다."

아들은 아버지의 말을 듣고서 그제야 자초지종을 모두 말씀드렸어. 그러자 아버지는 기뻐하며 말했지.

"그래야 내 아들이지. 아무렴, 잘했다. 다섯 목심을 니가 살렸다. 우리야 우짜든동 살아지것지." _ 장성군 북하면

8-5. 살려 준 은혜 갚기 ②—이야기 한 자락으로 찾은 은인

한편, 아들에게서 천 냥을 받은 가족은 그 돈으로 빚도 갚고 가족들의 목숨도 건졌어. 그 이후로 하는 일마다 척척 잘되어 몇 년이 지나 아주 큰 부자가 되었어. 고래등 같은 기와집에 논과 밭도 아주 많이 가지게 되었지. 그러나 부부는 항상 자신들의 목숨을 구해 준 은인을 잊지 않고 있었어.

"이보게, 그분 성함이라도 알아 둘 걸 너무 후회스럽소."

"그러게요, 지금이라도 그분을 찾을 방도가 없을까요?"

궁리에 궁리를 거듭하던 부부는 대문에다 크게 방을 써 붙였어. 누구든 살아온 이야기 한 자락 하면 공짜로 자고 가도 좋다고 말이야. 그렇게라도 은인을 만나 볼까 해서였지. 몇 년 동안 걸인들이란 걸인들은 다 그 집을 거쳐 가며 온갖 이야기를 부부에게 들려주었어. 그러나 5년이 다 되어 가도 그 아들은 만날 수가 없었지.

그러던 어느 날이었어.

"하룻밤 신세 좀 질라우."

부자간으로 보이는 아주 행색이 허름한 손님 둘이 부부의 집을 찾아왔어. 한눈에 보아도 초라한 꼴이 거지나 다름없었어. 부부는 식사를 대접한 뒤 역시나 살아온 이야기를 들려 달라 했지. 아들로 보이는 이가 머뭇거리다가 이윽고 이야기를 시작했어.

"벨 야그는 아니고 5년쯤 전인가 지가 어느 다리를 건너는데 어디선가 울음소리가 들렸소."

이렇게 시작된 아들의 이야기가 모두 끝나자 부부는 갑자기 일어서서 아들과 아버지를 향해 큰절을 하며 말했어.

"아이고 이제야 찾았네, 찾았어. 우리가 바로 그 사람들이오. 당신들이 목심을 살려 준…."

부부는 아들과 아버지에게 자신들이 그때 받은 돈보다 더 많은 재산을 나눠 주며 함께 살자 간청했지. 부부는 자신들을 살려 준 은인을 잊지 않고 기어이 찾아 그 은혜를 갚았고, 마음씨 착한 아들과 아버지는 자신들이 베푼 은혜 덕분에 결국엔 아주 행복하게 살게 되었다는 이야기야. _ 장성군 북하면

8-6. 지성이면 감천이다

옛날 어느 마을에 앞을 못 보는 '감천이'와 걷지 못하는 '지성이'가 살았어. 지성이와 감천이는 둘도 없이 다정한 친구였어. 앞을 못 보는 감천이는 걷지 못하는 지성이의 다리가 되고, 지성이 역시 앞을 못 보는 감천이의 눈이 되어 둘은 서로를 챙기며 가지 못하는 곳이 없었어.

그날도 감천이가 지성이를 등에 업고 길을 가고 있었어. 등에 업힌 지성이가 무엇을 보고는 갑자기 소리를 크게 질렀어.

"야야, 감천아 잠깐 멈춰 보라잉."

"무신 일이여?"

"저그 저 샘물 속에 번쩍이는 것이 꼭 금뎅이 같다."

"뭐여? 물속에 금뎅이가 있다고?"

감천이는 지성이의 말을 듣고는 급히 말했어.

“야야, 지성아 그 금뎅이를 빨랑 줏어라. 니가 먼저 보았응께 저것은 니 것이다.”

“무신 소리냐. 니가 아니었으면 내는 걸어오지도 못했응께 저것은 니 것이다.”

둘은 금덩이를 주울 생각은 하지 않고 서로에게 양보하느라 물가 앞에서 한참을 다투었어.

그때 마침 길을 지나가던 한 사내가 그 광경을 보고 이상해 하며 물었어.

“아니, 앞도 못 보는 양반과 길도 못 걷는 양반 둘이서 도대체 뭣 땜시 싸우고 있소?”

지성이와 감천이는 하는 수 없이 사내에게 샘물 속 금덩이 이야기를 해주었어. 이야기를 듣자마자 사내는 부리나케 샘물로 뛰어갔어.

‘만세다 만세. 한 놈은 앞을 못 보고, 또 한 놈은 걷지를 못 허니 저 금뎅이는 내 차지다.’

속으로 쾌재를 부르며 사내는 샘물 속에서 누렇게 빛나는 물건을 건져 올렸어. 그런데 그 순간 사내는 소스라치게 비명을 지르며 그것을 길바닥에 내동댕이쳤어.

“으악, 이것이 뭐시여. 금뎅이가 아니라 황구렁이잖아. 저런 미친눔들을 보았나 황구렁이를 금뎅이로 보다니.”

사내는 뒤도 돌아보지도 않고 냅다 줄행랑을 쳤어.

그러나 사내가 길바닥에 내팽개친 것은 누렇게 번쩍이는 진짜 금덩이였어. 욕심 많은 사내의 눈에는 누런 금덩이가 황구렁이로 보인 것이었지. 사내가 내동댕이치는 바람에 금덩이는 두 개로 갈라졌어. 지성이와 감천이는 그제야 하나씩 사이좋게 나누어 가졌지. 이런 사연을 알게 된 사람들은 이후로 '지성이 하면 감천이고, 감천이 하면 지성이지'라고 말하기 시작했어. '지성이면 감천이다'라는 말은 이렇게 해서 생겨났다고 해. _ 화순군 도곡면

8-7. 남편 죽여 열녀 된 여인

어릴 때부터 친하게 지내던 두 친구가 있었어. 둘은 항상 같이 놀고 공부도 함께했지. 그러다가 한 친구가 장가를 갔어. 그런데 그 부인이 둘도 없는 미인인 거야. 총각 친구는 장가간 친구를 부러워하다가 마침내 그 부인을 차지하기로 마음먹었어. 그러고는 장가간 친구를 없애 버리기로 결심했지.

두 사람이 약초를 캐러 가기로 한 날, 총각 친구는 오늘에야말로 일을 치르겠다고 결심했어. 그러고는 장가간 친구보다 한참 앞서서 산길을 먼저 올라갔어. 아무것도 모르는 장가간 친구는 숨이 턱에 차서 헉헉거리며 말했어.

"아 자네만 앞에 가는가? 기다렸다 나하고 같이 좀 가세."

"아 그런가, 미안하이. 자 얼른 올라오소."

간신히 산비탈을 기어올라 총각 친구의 옆자리에 앉으려는 순간, 총각 친구는 장가간 친구의 가슴팍을 발로 걷어찼어. 친구는 데굴데굴 굴러서 산 아래 강물에 떨어져 버렸어. 친구는 허우적거리며 물가로 나오려고 애를 썼어. 나뭇가지를 잡아 보고 풀뿌리도 잡아 보았지만 도로 나자빠지기를 수십 번. 애써 물가로 기어오르려다 발랑 물에 빠지고, 또 기어오르다가도 발랑 물에 빠지는 친구를 총각 친구는 그냥 가만히 바라보기만 했지. 결국 친구는 죽어 강 아래로 떠내려가고 말았어.

저물도록 남편이 돌아오지 않자, 친구의 부인은 총각 친구 집으로 찾아와 물었어.

"우리 집 양반은 안 오시고 혼자 오셨어라?"

"아니 가는 도중에 갈라졌는디, 아직 안 왔소? 나는 온 줄 알았는디."

총각 친구는 시치미를 뚝 떼고 대답했지.

그 이후로 총각 친구는 몇 년이 지나도록 남편을 기다리는 부인을 달래기도 하고 어르기도 하면서 갖은 방법으로 졸랐어. 자기랑 같이 살자고 말이야. 결국 총각 친구는 친구의 부인을 차지했지. 그렇게 세월은 흘러 어느덧 둘 사이에는 아이도 세 명이나 생겼어.

비가 세차게 내리던 어느 날이었어. 우연히 마당을 내다보던 총각 친구는 마당을 가로질러 오는 두꺼비 한 마리를 발견했어.

두꺼비는 비라도 피해 보려는 듯이 툇마루로 기어오르려다 발랑 넘어지고, 또 기어오르려다 발랑 넘어지는 거야. 그 모양을 보다 총각 친구가 갑자기 웃음을 터뜨렸어. 몇 해 전 장가간 친구가 죽을 때 물가로 기어오르다 도로 물에 빠지던 모습이 생각났거든. 갑자기 웃는 남편을 보자 부인이 무심하게 물었지.

"어이 왜 그래 웃소? 같이 웃읍시다."

"웃을 일이 있소."

부인이 계속해서 알려 달라고 재촉하자 총각 친구가 말했어.

"아, 우리가 이렇게 애 낳고 함께 산 지 몇 년이나 되얐는디, 부부 사이에 못 할 말이 어디 있것소? 내 말하리다."

총각 친구는 그날의 일을 털어놓았지.

"여차여차히서 이렇게 되얐는디 저 두꺼비가 꼭 그놈 시늉을 하기 땀시 내가 웃었다네."

전 남편을 죽인 범인이 현재 남편이라는 사실을 알게 된 부인은 치를 떨었어. 그날로 독한 술을 몰래 담아 남편이 취할 때까지 권한 다음, 남편이 곯아떨어지자 부인은 남편의 목을 칼로 찔렀어. 그리고 자신도 그 자리에서 자결을 했지.

남편을 죽여 남편의 원수를 갚은 안타까운 사연을 알게 된 후대 사람들은 부인을 기려 열녀문을 세워 주었대. _ 화순군 남면

8-8. 내 다리 내놔라

옛날에 한 여인이 시집을 갔는데 첫날밤이 지나자 남편이 사라져 버렸어. 아무리 돌아다녀도 찾을 수가 없었지. 그날 이후로 이상하게도 시어머니는 매일 이렇게 말했어.

"아가, 밥을 많이 담어라. 많이 담어라."

그릇에 수북하게 밥을 담아 내면 그 밥은 누가 먹는지 항상 비워져 나왔지. 여인은 대체 그 밥이 어떻게 없어지는지 궁금했어. 그래서 시어머니의 행동을 살펴보기로 맘먹었어.

그날도 시어머니는 밥상을 받자마자 치마폭에 밥을 싸더니 샛문으로 몰래 빠져나갔어. 시간이 지나 돌아온 시어머니의 치마폭에는 아무것도 없었어.

'옳지, 알었다.' 여인은 뭔가 집히는 게 있었어. 저녁밥을 먹은 뒤 혼자 집 뒷산 대밭으로 들어가 봤지. 한참을 들어갔더니 작은

움집이 하나 보이는 거야. 안을 들여다보니 사라졌던 남편이 심한 문둥병에 걸린 채로 거기에 누워 있는 것이 아니겠어. 그제야 여인은 남편이 첫날밤만 치르고 사라졌던 이유를 알게 됐지. 시어머니는 며느리 모르게 아들의 병 수발을 하고 있었던 거야. 여인은 그날부터 남편의 병을 고칠 방도를 궁리했어.

그러던 어느 날, 한 스님이 탁발을 하러 찾아왔어. 여인은 쌀을 듬뿍 퍼서 스님에게 시주하고는 물었지.

"여보시오 대사님, 뭐 하나 여쭤도 되겄소?"

스님이 말해 보라고 하자 여인은 남편의 병 이야기를 했지.

"어떤 약을 먹여야 살리것소?"

그러자 스님이 혀를 끌끌 차면서 대답했어.

"방법이 없는 건 아니지만 그건 참 사람이 할 일이 못 돼요."

"아, 무슨 일이든지 갈차만가르쳐만 주면 다 하겠습니다. 어떤 일이 있드래도 방법만 있으면 나가 하겠습니다."

그러자 스님은 손가락으로 이리저리 수를 세 보더니 말했어.

"아무 날 아무 시가 되면 비가 억수로 내리고 번개가 칠 거요. 그때 아무 데 고개를 넘으면 비각비석을 보호하려 지붕을 얹은 건물 아래 젊은 청년 하나가 자고 있을 거요. 몰래 다가가 그 청년 다리 하나를 뎅강 자르시오. 그리고 뒤도 돌아보지 말고 집으로 와 그것을 솥에 삶아서 남편에게 먹이시오. 그래야만 낫습니다."

며칠 후 과연 스님이 말한 대로 뇌성벽력이 치면서 소나기가 내리기 시작했어. 여인은 무서웠지만 남편의 병을 고칠 수 있다는 희망을 가지고 비각으로 갔어. 비각 밑에는 정말로 젊은 남자 하나가 잠들어 있었지. 여인은 밤새 갈은 칼로 한번에 다리를 베어 뒤도 돌아보지 않고 집으로 냅다 뛰어왔어. 그러고는 그것을 바로 솥에 넣고 삶아 남편에게 가져다주려고 급히 그릇에 담았어. 그런데 막 부엌을 나서려고 문을 여는 순간, 문 앞에 한쪽 다리가 없는 젊은 남자가 떡 버티고 서 있는 거야.

"내 다리 내놔라."

깜짝 놀란 여인은 사내를 밀쳐 부엌에 가두고 문을 잠가 버렸어. 그러고는 다리 달인 물을 남편에게 가져다줬지. 날이 밝자 시어머니는 부엌 문 앞에서 서성이는 며느리를 보고 재촉했어.

"아이 야야, 어째서 아적 밥을 안 하냐?"

여인은 부엌으로 들어가는 것이 두려웠지만 어쩔 수 없이 침을 한번 꿀꺽 삼키고는 조심스레 부엌문을 열었어. 그런데 그곳에는 있어야 할 사내는 온데간데없고 엄청나게 큰 무가 한쪽이 베어진 채로 바닥에 널브러져 있는 게 아니겠어. 여인은 남은 무까지 마저 삶아 남편에게 가져다주었어. 그러자 남편의 병은 씻은 듯이 나았지. 이 이야기는 온 마을로 퍼져 나갔고, 사람들은 여인의 용감한 행동을 두고두고 칭찬했대. _ 보성군 벌교읍

8-9. 통제사가 애꾸눈이 된 사연

어떤 마을에 이정승의 아들하고 김정승의 아들이 살고 있었어. 둘은 무엇을 하든, 어딜 가든 늘 붙어 다녔어. 이정승네는 집안이 기울어 가난했고 김정승네는 부자였지. 김정승 아들은 그것이 늘 미안했어. 어느 날 서당 다녀오는 길에 김정승 아들이 말했어.

"나는 잘산디 너는 곤란게 살아 어쩌냐?"

"금매글쎄 말이다. 그런디 뭘 어쩌그냐."

그러자 김정승 아들이 말했지.

"우리 살림을 반분해 갖고 살면 좋겠다."

이정승 아들은 웃으며 말했어.

"어째 반분할 것이냐?"

김정승 아들은 잠시 생각하다가 무릎을 탁 치며 말했다.

"좋은 수가 있다."

김정승 아들이 소리를 낮춰 말했어.

"우리 집에는 오래된 귀한 족보가 있다. 내 그것을 가져다 줄 테니 니가 그것을 숨겨라. 그라고 며칠 후에 우리집에서 족보를 찾는다고 허믄, 니가 뭣이든 잘 찾아 준다고 말할 것이다. 그때 그것을 아버지께 찾아다 드려라. 그라면 논 기십 마지기는 줄 것이다."

둘이 그렇게 의논을 한 후, 김정승 아들은 자기네 족보를 숨겨 놓고 아버지에게 말했어.

"아부지, 이만큼 컸응께 우리 족보를 좀 봐야 쓰겄소."

김정승은 흐뭇해하며 대답했지.

"안방 궤 안에 있다. 가서 봐라."

그렇지만 숨겨 놓은 족보가 있을 리가 없지. 족보를 찾으려고 온 집안이 난리가 났어. 그때 김정승 아들이 말했어.

"저짝 이정승 아들이 총명해서 뭣이든 잘 찾는 갑소. 그 아이 한테 가서 물어봅시다. 그 사람이 곤란케 사니 논 몇십 마지기라도 주믄 찾아 줄 것이요."

김정승은 그러냐 하고 허락을 했지. 이정승 아들은 모른 척 시치미를 떼고 여기저기를 살피더니 담벼락 아래를 파 보라고 했어. 그랬더니 과연 거기서 김정승네 족보가 나왔지.

소문은 빠르게 퍼져서 순식간에 궁궐까지 들어갔어. 그때 마침 궁 안에 있던 옥새가 사라지는 사건이 생겼어. 소문을 들은 관리들은 즉시 김정승 아들과 이정승 아들을 함께 불러들였어. 서로 잘살아 보려고 했던 것인데 일이 너무 커져 버린 거지. 두 사람은 어쩔 수 없이 옥새를 찾으라는 명을 받고 서울로 향했어.

서울에 거의 다 와 갈 때 즈음 바람이 심하게 불어 두 사람은 여관에서 하룻밤 묵어가기로 했어. 짐을 풀고 잠을 청하려는데 바깥에서 바람 소리가 크게 들렸어.

"아이, 저 소리가 뭔 소리냐. 자꾸 째끗째끗 한다."

"나는 삐글삐글 헌다."

마침 여관엔 옥새를 훔친 도둑 두 명이 묵고 있었어. 한 놈의 이름은 째끗이고, 다른 한 놈의 이름은 삐글이었어. 두 친구가 하는 말을 들은 도둑들은 영락없이 잡히게 되었다고 생각했지. 그래서 두 정승 아들에게 가 사정을 했어.

"죽을 죄를 지었습니다. 저희가 나라 옥새를 도둑질했는디 두 분이 저희를 알응께 여그 가져왔습니다. 제발 살려 주시오."

두 사람은 깜짝 놀랐지만 시치미를 떼고 말했어.

"너희 둘은 그 옥새를 연못에 빠뜨려 놓아라. 그라믄 너희는 죄가 없게 되니께 다시는 죄를 짓지 말고 살아라."

그러고는 영을 내렸던 관리에게 옥새를 찾았다고 말했어. 알려 준 대로 연못의 물을 다 파내니 과연 옥새가 나왔어. 나라에서는 두 사람에게 통제사 벼슬을 내렸어.

그런데 이정승 아들이 생각해 보니 이번에는 운이 좋아 옥새를 찾았지만, 뭔가 찾을 일이 있으면 또 불러낼 것 아니겠어? 이정승 아들은 김정승 아들에게 말했어.

"이번에는 옥새를 다행히 찾았지마는 나중에는 누가 또 뭣을 찾으라 안 하겠나? 그랑께 내 한쪽 눈구녕을 팍 쑤세 불자. 그라고 이제는 눈을 다쳐 볼 수 없어 암것도 못 찾는다고 하자."

이정승 아들은 다친 눈을 해 가지고 통영 통제사로 내려갔어. 애꾸눈 통영 통제사 이야기는 그렇게 시작된 거야. _ 보성군 벌교읍

8-10. 아버지 원수 갚은 지리산 포수 이야기

옛날 지리산 깊은 골짜기에 호랑이가 살았어. 이 호랑이가 얼마나 사납고 큰지, 내로라하는 포수들이 앞다투어 호랑이를 잡으려고 들어갔지만 살아서 나온 포수가 없었어. 그렇게 호랑이에게 당한 이들 중에 어린 아들을 둔 한 포수가 있었지. 그의 아들은 날마다 아버지가 돌아올 날을 손꼽아 기다렸어. 서당을 다니던 아들은 다른 아이들한테 놀림도 받았지.

"애비 없는 호래자식아, 애비 없는 호래자식아."

어느 날 서당에서 놀림을 당하고 집에 돌아온 아들은 어머니에게 말했어.

"어머니, 애들이 나보고 밤낮 '애비 없는 호래자식아'라고 놀리요. 나 아부지 찾으러 갈라요."

그러자 어머니는 대답했지.

"니그 아부지는 곧 올 것이다. 니는 아직 어려서 못 간다."

그렇게 대답했지만 아들이 길을 떠날까 봐 걱정됐던 어머니는 한 가지 꾀를 내고는 아들한테 말했어.

"니그 아부지는 대나무를 낫으로 깎어서 뽀족하게 만들어 놓고 그 우를 밤낮없이 뒹굴어도 피 한 방울 안 나드라."

그 말을 들은 아들이 대나무로 꼬챙이를 만들어 그 위를 뒹굴었는데 과연 피가 한 방울도 나지 않았어. 그러자 어머니는 괴이하게 여기면서 또 말했지.

"니그 아부지는 덕석에다 바늘을 총총 꼽아 놓고 막 뒹굴어도 피 한 방울 안 나드라."

이번에도 아들은 바늘을 멍석에 촘촘히 꽂아 놓고 뒹굴었는데 역시 피 한 방울 나지 않았어. 어머니는 마지막으로 말했어.

"내가 물동이로 물을 길어서 사립문 밖에 왔을 때, 니가 방 안에서 총으로 쏴 오른쪽 물동이 꼭지를 맞히면 니를 인정하마."

그러자 아들은 어머니가 말한 대로 총을 쏴서 물동이의 오른쪽 꼭지만 맞혔어. 어머니는 더 이상 아들을 말릴 수가 없었어.

"너 갈라믄 가거라."

어머니의 허락을 받은 아들은 총 한 자루를 들고 지리산에 들어갔어. 산어귀에 들어서자 어디선가 백발노인이 나타났어. 노인은 젊은이가 산속으로 들어가는 것을 보고 말했지.

"지금까지 여그를 간 후 돌아 나온 포수는 없었다."

"어째 그라요?"

"들어가기만 하믄 호랭이가 없애분께."

"그라믄 어처께 할 것이요?"

백발노인이 대답했어.

"그라믄 니가 나한테 보름간 배와라."

백발노인은 사실 무술에 뛰어난 도사였어. 아들은 도사에게 총 쏘기와 무술을 배웠어. 보름이 지나 도사가 말했어.

"마당에 나가 하늘을 쳐다보믄 오리 두 마리가 쌍둥이처럼 날아오를 것이다. 고놈들을 한꺼번에 맞차야[맞혀야] 니가 살아 나온다."

아들은 총 한 발로 오리 두 마리를 잡았지. 그러자 도사는 지리산으로 들어가는 것을 허락했어. 산속을 한참 들어갔더니 큰 굴이 나왔어. 그 큰 동굴 앞에는 집채만 한 호랑이 한 마리가 하품을 하며 누워 있었어. 아들은 자기가 찾던 호랑이인 것을 단번에 알아차렸지.

'옳지, 저놈이 바로 우리 아부지를 죽인 원수다.'

아들은 놈이 눈치채지 못하게 몰래 다가가 방아쇠를 당겼어. 단 한 발의 총알로 호랑이는 고꾸라졌어. 아들은 호랑이가 살던 굴 안으로 들어갔어. 굴 안에는 그동안 호랑이에게 잡아먹힌 포수들의 해골과 총들이 여기저기 흩어져 있었지. 아들은 눈물을 흘리며 자기 아버지의 해골을 찾아다녔어. 그때 도사가 했던 말이 떠올랐지.

"느 아부지 뼈는 니가 손만 내도 '징' 하며 울 것이다."

아들은 굴 안에 있던 해골들을 모두 만져 보고 결국 아버지 유골을 찾아 장사를 지냈어. 이후 아들은 호랑이 잡는 포수로 크게 이름을 날렸대. _ 보성군 득량면